LES CORNEILLES
DE TOULONJAC

DU MÊME AUTEUR

Aux Presses de la Cité

Romans

L'Escadron (prix Claude Farrère)
La Dernière Rafale
Le Sang des colons (Grand prix littéraire de Madagascar), *épuisé*
Les Chiens jaunes, *épuisé*
Adieu capitaine
Quand la Légion écrivait sa légende
Un sombre été à Chaluzac (Prix littéraire de la gendarmerie)
L'Enigme de Ravejouls
Les Frères Delgayroux

Documents

La Grande Aventure du 1er REC
Spahis (prix Raymond Poincaré), *épuisé*
La Jeunesse et la Résistance. Réseau Orion
Bataillon Bigeard à Tu Lê
L'Opération Daguet (en collaboration avec Erwan Bergot)
La Légion en Indochine, album, *épuisé*
La Légion en Algérie, album, *épuisé*

A la Librairie Académique Perrin

Salan (biographie)

A l a i n   G a n d y

LES CORNEILLES DE TOULONJAC

Roman

Production Jeannine Balland
Romans Terres de France

PRESSES DE LA CITÉ

ISBN 2-258-05130-4

« Sur une table, il y avait un bout de papier avec ces mots : "Que personne ne soit accusé, c'est moi."

« A côté de ce billet il y avait un marteau, un savon et un morceau de corde.

« La corde avait été enduite de savon. Nicolas Stavrovitch avait visiblement prémédité et préparé minutieusement son suicide; il avait conservé jusqu'au bout une certaine lucidite.

« Les médecins, ayant pratiqué l'autopsie du cerveau, n'ont d'ailleurs pas retenu l'hypothèse de la folie. »

Fedor Dostoïevski
Les Possédés

PROLOGUE

1

D'abord, le froid. Puis l'obscurité. La douleur enfin. Trois sensations successives, nettes et détachées comme des signaux venus de sources différentes, brefs et intenses ; frisson des épaules aux reins, œil écarquillé dans le noir profond, coup d'un tranchoir d'acier dans le muscle.

Au deuxième assaut, froid, obscurité et douleur se mêlèrent, à demi dominés par une réaction de nausée, qui crispa le thorax dénudé du blessé, et plissa ses lèvres dans un réflexe de défense contre l'anesthésique.

— Il se réveille, le pôvre, constata l'infirmière qui tenait la main de celui qu'on venait d'opérer.

Les mots étaient peut-être chargés de pitié, mais la voix marquait plutôt le soulagement professionnel. Dans la paume sèche de la femme, les doigts palpitèrent, en même temps que les paupières lourdes s'entrouvraient en battant sur un brouillard cotonneux. Dans le visage cireux de l'opéré, les joues plates se colorèrent d'un coup comme si la bouche maintenant béante était un robinet ouvert sur un courant de sang et de vie. Un instant, le regard se fixa avec étonnement sur la blancheur du plafond, puis les sourcils se froncèrent.

— La mine..., balbutia de façon presque inaudible le chat écorché qui s'agitait dans la gorge de Joseph Combes. Marché dessus... Salauds de Viets... Ma jambe !

— Allons ! constata la basse-taille rocailleuse du docteur Pardaillac, chirurgien orthopédiste à l'hôpital de Villefranche, c'est bon signe. Notre ami gendarme refait sa guerre. Ça lui donnera envie de se battre.

Il avança d'un pas vers le lit pour tâter le poignet de sa dernière victime, souleva d'un pouce délicat les paupières refermées avant de se diriger vers la porte de la salle de réveil.

— Madame Bordes, dit-il du seuil à l'infirmière qu'il connaissait depuis vingt ans et qu'il traitait toujours avec une déférence qu'elle jugeait vexante, suivez le processus habituel. Veillez à ce qu'il ne s'excite pas trop ; je ne voudrais pas avoir à refaire mon plâtre.

La porte se referma.

Quand elle fut seule avec son blessé, Marguerite Bordes haussa les épaules. Elle se permit même de ricaner : les difficultés qu'elle s'attendait à rencontrer au réveil définitif de l'opéré n'étaient pas comparables à celles qu'allait affronter Pardaillac dans son face-à-face avec la petite femme brune qui s'impatientait depuis près de trois heures dans le couloir des urgences.

Claire Combes, habituellement enjouée, était en cette fin d'après-midi de juin partagée entre énervement et inquiétude. Prévenue chez elle, par un coup de fil de la brigade, que son mari venait d'être hospitalisé, elle avait juste pris le temps de laisser les deux enfants à une voisine avant de se précipiter au chevet de Joseph. Elle n'avait même pas pu le voir. « Le docteur est en train d'opérer. » Cette affirmation répétée tous les quarts d'heure, assortie de regards de plus en plus exaspérés du planton de garde, avait fait franchir à la femme du gendarme tous les degrés de l'irritation à la colère et à l'angoisse.

— L'adjudant et son conducteur ont été blessés dans un accident de voiture sur la route de Toulonjac, avait annoncé la voix froide du nouvel adjoint de Joseph. Rien de très grave, rassurez-vous. Ils ont été emmenés à l'hôpital.

En à peine deux semaines, avec son parler pointu de Tourangeau, le maréchal des logis-chef Ronsard avait transformé l'ambiance de la brigade, habituée à l'élocution chantante de l'ami Vialatte, enfin promu au grade supérieur et muté dans son Auvergne natale. Combes avait supporté ce changement avec la philosophie d'un vieux soldat, en se contentant d'ironiser :

— C'est à croire que nous sommes voués aux noms d'écrivains, avait-il souri à l'adresse du capitaine venu de Rodez présenter le nouveau venu. Un de ces jours, vous allez m'affecter un gendarme Hugo.

Peut-être le capitaine n'était-il pas passionné par la littérature. Il n'avait même pas paru comprendre l'amusement de l'adjudant. Ronsard non plus, d'ailleurs. Dans la salle de permanence de la gendarmerie où tout l'effectif était réuni pour un apéritif d'accueil, il était resté impassible, la main crispée sur son verre de monbazillac tiède, l'air vaguement ennuyé. Ses trente-cinq ans, son visage étroit et pâle, son mètre quatre-vingts paraissaient à Combes autant de défis à sa petite taille, à sa bonne humeur méridionale et à son ancienneté de service.

— Je sens que je vais regretter Vialatte, avait-il confié à Claire, ce soir-là, dans le calme enfin obtenu après le coucher des enfants.

Sa femme avait tout de même suggéré qu'elle pourrait inviter à dîner le nouvel adjoint. Le comportement glacé de ce célibataire silencieux lui avait paru méprisant, tout au long de la soirée du lendemain. Elle avait difficilement supporté qu'il ne manifestât aucune curiosité pour les souvenirs rapportés d'Indochine par Joseph, petits ivoires, armes rustiques de montagnards, poids à opium et photographies de paysages du bout du monde, qu'elle s'était ingéniée à mettre en valeur dans leur appartement douillet. « Ce bonhomme est un pisse-froid, avait-elle conclu, il ne nous amènera rien de bon ! »

Impatiente dans le hall quasi désert de l'hôpital, elle se forçait, pour la énième fois, à raisonner avec calme et logique. Après tout, le chef Ronsard avait pris la peine de lui téléphoner personnellement ; il aurait pu se contenter de charger un planton de transmettre la mauvaise nouvelle. Et il n'était évidemment pas responsable de cet accident. Mais pourquoi n'avait-il donné aucun détail sur ce qui s'était passé ? Sur la gravité des blessures de Joseph ?

Il y avait des heures qu'elle attendait dans ce décor d'aquarium. Angoissée, prête à faire un éclat devant le premier membre du personnel qui se présenterait, elle se leva et repoussa violemment la chaise de skaï et d'acier, qui glissa en chuintant sur le sol de dalles luisantes. Au fond du hall, le planton releva la tête derrière son comptoir, décidé à briser le nouvel assaut de cette énervée ; il n'était plus sensible, comme il l'avait été trois heures plus tôt, à la silhouette séduisante et à l'expression passionnée de cette jolie brune. Il souhaitait seulement être relevé avant d'avoir à lui communiquer le résultat de l'opération. Le gendarme, qu'il avait vu arriver sur son brancard, évanoui et sanguinolent, lui avait fait mauvaise impression.

Les petits talons de la femme claquèrent sur le

carrelage, quand elle reprit son va-et-vient entre la plante verte qui dormait près de la porte d'accès, dont le verre dépoli masquait le soleil du parking, et une lithographie encadrée, au centre d'un long panneau de mur aveugle. Elle s'arrêta devant le tableau, fixant sans le voir un amas de couleurs brutales que l'auteur avait intitulé *Printemps en Rouergue*. Les taches bleu roi, rouge et vert évoquaient davantage pour elle la voiture défoncée de la gendarmerie, l'herbe du talus assassin et le sang de son mari.

Au moment où elle se retournait, décidée cette fois à ne faire qu'une bouchée du malheureux planton, le vantail, marqué « Urgences » en lettres blanches, battit sous la poigne du docteur Pardaillac. Cheveux coupés en brosse — casque gris qui soulignait le rubicond d'un visage aux rides marquées —, blouse blanche fripée ouverte sur un torse épais et velu, le chirurgien orthopédiste s'était forgé une expression satisfaite. Il savait d'expérience que les proches des accidentés qu'on lui amenait avaient d'abord besoin d'être rassurés. Vingt ans plus tôt, au début de sa carrière, il avait tout à trac annoncé à un paysan du cru que sa femme, tombée de l'échelle d'une grange, resterait paralysée à vie ; le paysan en était mort sur le coup, terrassé par une crise cardiaque. Maintenant, Pardaillac dosait ses effets.

— Vous êtes sans doute madame Combes ?

dit-il en souriant à la jeune femme qui se précipitait vers lui et étreignait déjà un pan de sa blouse.

Il remarqua, à bout portant, les cernes d'angoisse qui soulignaient les yeux bruns, dont le regard vacillait, les mains solides qui tremblaient, et l'énervement qui faisait haleter la poitrine ferme, dans l'échancrure de la petite robe d'été de vichy bleu.

— Ne vous inquiétez donc pas, ajouta-t-il aussitôt. Votre mari est solide comme un roc. Il s'en est tiré le mieux possible.

— Puis-je le voir? demanda Claire, déjà décidée à bousculer ce nouveau cerbère.

— Dans une ou deux heures, et quelques minutes seulement. Laissez-le se réveiller tranquillement, plaida le chirurgien. Il a fallu l'endormir pour réduire les fractures et ça n'a pas été facile.

Les mains aux doigts poilus qui pesaient sur les épaules de Claire la ramenèrent lentement au calme. Presque honteuse de sa défaillance, elle renifla, battit des cils et se racla la gorge.

— De quoi souffre exactement Joseph? soufflat-elle.

— Mon Dieu, gémit comiquement Pardaillac, j'espère qu'il ne souffre pas trop, avec tout le mal que je me suis donné pour baguer son fémur droit éclaté, recoudre sa cuisse, mettre une broche à son tibia et bander serré ses deux côtes cassées par la carrosserie enfoncée de la voiture.

Claire, cette fois, ferma les yeux à l'évocation de

ce qu'avait dû endurer son mari. Inconsciemment, elle palpa sa hanche et son côté, comme si c'était son propre corps qui avait été meurtri.

— Pourra-t-il marcher normalement? questionna-t-elle encore. Sa vieille blessure d'Indochine le faisait boiter, quelquefois.

Pardaillac sourit benoîtement.

— Je m'en doute, dit-il. J'ai remarqué ses cicatrices anciennes. Je peux vous garantir qu'il ne clopinera pas plus qu'avant. Dans deux ou trois mois, il sera aussi remuant qu'il l'était ce matin.

— Vous allez le garder tout ce temps-là?

— L'hôpital n'est pas une maison de repos de la gendarmerie nationale, madame, plaisanta le médecin. Sauf complications inattendues, je vous le rendrai dans une dizaine de jours. Vous l'aurez tout à vous.

Etait-ce la bonne humeur communicative du chirurgien, le soulagement, après cette attente éprouvante, ou cette promesse de réunion familiale qui rendait à Claire son équilibre? Elle se sentait à nouveau capable de raisonner, de penser aux problèmes matériels qu'allait poser la longue convalescence de Joseph à la maison. Elle s'amusa presque à l'idée des colères que ne manqueraient pas de susciter son immobilité forcée et son obligatoire éloignement du travail de « sa » brigade! Avec ce nouvel adjoint, auquel il ne faisait pas encore confiance, son malheureux mari risquait de perdre le moral!

— Savez-vous, docteur, comment s'est passé cet accident?

Pardaillac la regarda bouche bée.

— Voulez-vous me dire que personne ne vous a renseignée?

— On m'a juste prévenue que Joseph avait été conduit à l'hôpital et que ce n'était pas grave.

Le médecin fit un effort manifeste pour gommer l'expression de sa surprise. Il se réservait le droit de faire plus tard quelques réflexions à l'auteur d'un coup de téléphone aussi dénué de tact :

— A dire vrai, répondit-il enfin, je ne sais moi-même que ce que m'a raconté le gendarme qui conduisait votre mari, pendant que je lui plâtrais le bras. Je le garde lui aussi en observation, jusqu'à demain. Allons lui demander de vous répéter son histoire, pendant que l'adjudant Combes finit de se réveiller.

Le gendarme Berthier occupait le premier lit dans une chambre prévue pour trois patients. Les deux autres allongés, enturbannés de pansements et branchés sur de complexes réseaux de tuyaux de caoutchouc, abrutis de drogues, dormaient pesamment sous leurs couvertures. Sans doute ne s'étaient-ils même pas rendu compte de l'arrivée d'un nouveau compagnon de chambre.

A l'entrée de Pardaillac et de l'épouse de son adjudant, la vieille civilité militaire jeta le gendarme sur ses pieds. Une large écharpe blanche de grosse toile, passée autour du cou, immobilisait son bras devant son estomac, en cachant aux trois quarts son maigre torse nu. Il était rouge « comme si je le surprenais dans sa chambre de célibataire », s'amusa Claire. Le chirurgien la détrompa.

— Notre ami a reçu quelques éclats de pare-brise. Il a fallu plusieurs flacons de mercuro-chrome pour le badigeonner.

Ces peintures de guerre ne suffisaient pas à donner bonne mine au souffre-douleur habituel de Combes. Très certainement, Berthier, encore sous le choc, se culpabilisait-il en prévoyant que la destruction de la 203 aurait des répercussions sur sa carrière. Il s'était remémoré les circonstances de l'aventure pour y chercher des arguments de défense.

Il raconta avec beaucoup de détails que l'adjudant et lui étaient partis après déjeuner pour le terrain d'aviation de Toulonjac, à la suite d'un message anonyme avertissant la gendarmerie de la présence d'un cadavre derrière le hangar de l'aéroclub. D'après la voix excitée du correspondant, un homme sans accent qui avait refusé de donner son nom, le cadavre était celui d'un ouvrier en salopette bleue dont le crâne avait été défoncé d'un coup de barre de fer.

Claire avait entendu de la bouche de Joseph trop d'histoires horrifiantes pour s'émouvoir d'une telle entrée en matière, mais Pardaillac était meilleur public. Peut-être s'intéressait-il à l'aspect technique de ce qui semblait être un meurtre.

— Qui était le mort? demanda-t-il.

— Seul le chef Ronsard pourra vous le dire, s'il l'a découvert. C'est lui qui est parti faire l'enquête dès que j'ai rendu compte par téléphone, en arrivant ici, que l'adjudant et moi n'étions jamais arrivés à Toulonjac.

A en croire Berthier, la 203 roulait assez vite, à mi-chemin du but, quand un véhicule avait débouché sans précautions d'un chemin couvert, sur leur gauche, et les avait abordés pratiquement de front, bousculant leur Peugeot vers le fossé de droite. Un tonneau avait jeté leur épave contre un arbre, qui avait achevé de la fracasser.

— Je suis sûr que ces salauds en avaient pris un coup, eux aussi, conclut Berthier, amer. Mais ils ont continué leur route vers Villefranche sans s'occuper de nous. Je vous promets que je les retrouverai. Un homme mûr et une femme blonde, dans une camionnette bleu et jaune. Je les vois encore en face de moi, nous fonçant dessus comme s'ils le faisaient exprès!

Il n'eut pas le temps d'ajouter comment, malgré son bras cassé, il avait arraché l'adjudant inconscient d'un magma de tôles, et comment, dix minutes plus tard, un couple de Parisiens en Citroën les avait chargés à grand-peine et les avait amenés à l'hôpital.

La porte de la chambre s'ouvrit presque silencieusement sur l'imposante silhouette de Marguerite Bordes, qui passa la tête pour voir qui était à l'intérieur.

— Je me doutais bien que ce vilain docteur ne pourrait pas se débarrasser de vous si facilement, dit-elle en riant.

Penchée vers Claire, qu'elle dominait d'une tête, elle l'embrassa sur les deux joues sans juger utile d'expliquer à Pardaillac qu'elle était une familière du ménage Combes depuis la deuxième grossesse de la jeune femme.

— Ma petite, acheva-t-elle, votre Joseph est réveillé et il vous réclame. Je ne pense pas que la Faculté oserait vous interdire une petite visite?

La voix chantante de soleil était trop réjouie pour paraître défier le chirurgien. Il rappela seulement ses prescriptions :

— Dix minutes seulement, madame Bordes, si vous tenez à ce que votre patient passe une bonne nuit!

Les deux femmes étaient déjà dans le couloir, se hâtant vers la salle de réveil. Pardaillac, qui s'était assis au pied du lit du gendarme, se releva avec une lenteur pensive.

— Resterez-vous à Villefranche, pendant votre guérison? J'aimerais que quelqu'un accepte de surveiller votre adjudant. Avec le caractère qu'on lui prête, son inaction va lui peser.

Le gendarme Berthier, qui avait trouvé quelque apaisement à se sentir écouté avec intérêt, avait également été heureux d'apprendre que son chef, qui semblait si mal en point tout à l'heure, s'en tirerait finalement sans trop de mal. Mais sa quiétude retrouvée s'évanouit dès qu'il eut compris ce que le docteur attendait de lui. Son maquillage au mercurochrome parut se raviver.

— Je ne suis pas certain, bredouilla-t-il, d'avoir assez d'influence sur l'adjudant Combes pour l'empêcher de faire des bêtises.

Il bafouilla davantage en prenant conscience de ce qu'il venait de dire. Le chirurgien avait déjà quitté sa chambre dans un éclat de rire qu'il en était encore à chercher comment formuler le déplaisir et la gêne que faisait naître en lui cette idée de surveillance. Il se rallongea sur son lit; son moral était au plus bas, et il ne traînait même pas un paquet de cigarettes sur les tables de nuit en tôle peinte.

Sa permanence à l'entrée des urgences touchait à sa fin. Tout compte fait, l'après-midi aurait été parfaitement tranquille sans cette arrivée de gendarmes blessés qui avait mobilisé le personnel soignant, et l'impatience de cette petite femme brune qui l'avait exaspéré trois heures durant. Fernand Gabiou consulta une fois de plus la pendule ronde collée au mur et sacra intérieurement contre son collègue Doucet, toujours en retard. Il vérifia que sa sacoche de skaï noir contenait bien, replié dans ses plis d'origine, le journal du jour qu'il avait lu de la première à la dernière ligne. C'était une vieille convention passée avec Marie-Louise, sa virago de sœur qui tenait son ménage de célibataire discipliné. Elle exigeait que son frère lui apportât son quotidien « comme neuf », sous peine de représailles. Deux ans plus tôt, elle l'avait privé de dîner pour avoir crayonné la grille des mots croisés.

— Moi, avait ricané Doucet, je te la dresserais à coups de ceinturon, ta maritorne !

Gabiou avait haussé les épaules. Ce fier-à-bras ne connaissait pas Marie-Louise ! Maigrelet, pâle et craintif, Fernand avait l'habitude de filer doux.

La porte d'entrée s'ouvrit lentement sur le porche de béton et sa double haie de plantes vertes. Dans la lumière atténuée du crépuscule — huit heures cinq déjà ! —, le planton à l'affût distingua un couple arrêté en haut des marches, comme s'il hésitait à pénétrer dans le hall éclairé. L'homme et la femme avaient l'air de se consulter à voix basse. Gabiou pria le ciel pour que la relève arrive enfin. Pourquoi devrait-il se mettre davantage en retard pour établir les paperasses réclamées par une nouvelle admission ?

Dehors, le couple s'était décidé. L'homme, solidement charpenté, tourna le dos à la lumière des néons et mit les poings dans les poches d'une sorte de canadienne de toile marron. Gabiou, qui continuait à le guetter avec animosité, pensa que c'était un vêtement bien chaud pour la saison. La femme blonde s'approcha du comptoir, laissant son compagnon dehors. Elle avançait à petits pas pressés, comme si elle avait porté des escarpins à talons au lieu des lourdes chaussures basses crottées qui nuisaient à l'élégance de sa démarche. Quand elle fut en pleine lumière, le planton, habitué à classer les visiteurs selon leur apparence, remarqua que l'imperméable ciré, privé de quelques boutons arrachés, ballait sur une robe de lainage rouge défraîchie. Il retint surtout l'impression que cette femme était en train de marcher au supplice. Il avait déjà pu observer bien des gens bouleversés à l'idée de mettre le pied dans un hôpital, par peur d'un médecin, d'une opération, du résultat d'une analyse, ou par simple crainte d'une douleur éventuelle. Le visage crispé de la visiteuse, dont le teint brouillé et les rides trahissaient une quarantaine bien dépassée, révélait plus encore que l'angoisse courante : elle avait peur, une peur qu'elle combattait sans la maîtriser, comme si le bureau de l'homme de permanence allait lui exploser à la figure. Elle posa deux mains tremblantes sur le bord du comptoir et leva vers Gabiou un regard bleu de lin qui vacillait.

— Etes-vous malade, madame?

La question allait de soi. Plaquées par la sueur, des mèches de cheveux décolorés zébraient un front osseux et encadraient des joues creuses et pâles. Hâtivement peintes d'un rouge tirant sur le violet, les lèvres minces se contractèrent sous l'effort.

Gabiou ne pensait plus au retard de Doucet, ni à la rage certaine de sa sœur. Cette inconnue, qu'il catalogua sur-le-champ comme étrangère — la couleur des yeux, peut-être, et le maintien —, avait dans sa nervosité quelque chose d'une évadée.

— Puis-je vous aider? demanda-t-il encore.

— Oui, oui, murmura la femme d'une voix rauque. Je voudrais avoir des nouvelles des deux gendarmes blessés qui vous ont été amenés cet après-midi. On m'a dit que c'était grave.

— Pas tellement, répondit Gabiou, en souriant par habitude, parce que le règlement exigeait d'être rassurant avec les visiteurs. Quelques petites fractures, c'est tout, ajouta-t-il. Ils sortiront dans une semaine.

Les mains énervées quittèrent le comptoir. Malgré les bonnes nouvelles données par le planton, la blonde parut se tasser sous le coup d'une plus profonde angoisse. Mais, sans doute encouragée par l'urbanité de son interlocuteur, elle redressa les épaules et réussit à sourire. Ce n'était pas un sourire très étincelant, mais il accompagnait un « Merci » articulé de la même voix rauque.

Fernand Gabiou, à qui pesait la routine du service, vivait pour une fois une aventure qui le mettait en transe. Désespérément, en regardant le dos de la femme qui trottinait vers la sortie, il essayait de deviner ce qu'elle était, et le pourquoi de sa visite. Il s'aperçut qu'il avait contrevenu aux consignes. Il n'aurait pas dû parler de l'état d'un patient hospitalisé à un tiers sans s'assurer de ses raisons de s'intéresser à ce patient. La femme arrivait à la porte.

— Madame ! appela Fernand en levant le bras.

Elle continua sans paraître l'entendre. Il allait contourner son comptoir pour la rattraper quand ce salopard de Doucet fit irruption dans le hall, bousculant la femme à l'imperméable sans même s'en rendre compte.

— Pardonne-moi, souffla-t-il, une panne de vélomoteur.

Il avait l'air de regretter son retard, cette fois-ci. Gabiou n'osa pas menacer de rapporter l'incident à madame Bordes, qui ne plaisantait pas avec l'exactitude dans le service. Il était à nouveau gagné par l'inquiétude à l'idée de la réception qu'allait lui ménager Marie-Louise. Il vérifia encore une fois le contenu de sa sacoche, répéta les consignes du jour à Doucet, et signa la feuille de garde, sur laquelle il n'avait même pas pensé à mentionner l'intrusion de l'énigmatique étrangère.

Quand il sortit à son tour sur le parking à demi vide, le soleil se couchait derrière les collines qui bordaient la route de Montauban. Il ne se souciait plus que de pédaler assez vite pour faire démarrer le moteur de sa pétrolette.

Debout derrière une camionnette bicolore, arrêtée à la fin d'une rangée de véhicules stationnés là pour les urgences de nuit, un couple le regardait partir vers la ville.

— Je t'assure, dit la femme, finalement, mieux vaut que les gendarmes ne soient pas morts. Nous voulions gagner du temps, non? Nous avons huit jours!

L'homme à la canadienne était sombre. Il avait entendu parler de l'entêtement manifesté par le chef de la brigade de gendarmerie de Villefranche au cours de ses enquêtes. Il se disait qu'un ennemi mort est préférable à un ennemi blessé, donc doublement sur ses gardes.

2

— De deux choses l'une, dit la voix pointue du chef Ronsard, ou cette annonce d'un cadavre découvert derrière l'aéroclub était un canular, ou quelqu'un l'a déplacé et caché avant que je n'arrive sur place, vers seize heures trente. En tout cas, nous n'avons trouvé ni corps, ni traces, ni témoin d'une bagarre.

De son lit, à demi relevé pour lui permettre de respirer à moindre mal dans son corset de bandelettes, Joseph Combes s'amusait presque du dépit manifeste de son adjoint. Il avait connu une nuit agitée, s'était endormi à l'aurore et réveillé à huit heures. La raideur d'une infirmière inconnue, qui avait présidé la cérémonie, n'avait rien enlevé à la brutalité du déménagement opéré par deux brancardiers adeptes du slalom dans les couloirs. Déposé enfin dans une chambre claire, où il se retrouvait seul, il avait à peine eu le temps de goûter à la fraîcheur de ses draps, et de passer en revue ses blessures et ses hématomes, qui tenaient à ne pas se faire oublier, que le maréchal des logis-chef avait toqué à sa porte.

Droit sur sa chaise, face à l'adjudant, Ronsard était l'image même du subordonné en visite au chevet de son supérieur hospitalisé. Correction, demande de nouvelles, offre de services, rien n'y manquait. Peut-être eût-il fallu un peu plus de chaleur et de camaraderie. Mais, après tout, les deux hommes ne se connaissaient que depuis deux semaines. Et maintenant qu'ils avaient abordé le sujet du mort de Toulonjac, Combes avait parfaitement situé la cause de cette gêne. Contraint d'endosser *ex abrupto* la responsabilité de chef de brigade, Ronsard s'irritait d'avoir fait chou blanc à l'aéroclub. Sans peut-être se l'avouer, il était venu à l'hôpital pour ne pas perdre la face, en associant son adjudant à ce mauvais départ d'enquête.

« De deux choses l'une », avait-il dit. Combes pensa qu'il pourrait bien y avoir une troisième possibilité. Aiguillonné par un coup de couteau qui brûla sa cuisse blessée, il faillit l'énoncer brutalement. Le cadavre inconnu était encore quelque part dans le hangar, sous une bâche, un établi, dans une armoire à outils, une cuve d'huile ou même la carlingue d'un des deux monoplans du club, tous endroits où le chef n'avait pas eu l'idée de le chercher. Au moment de parler, il s'en voulut de cette méchanceté gratuite et se contenta d'afficher un étonnement tout naturel.

— Pourquoi avez-vous envisagé un canular? demanda-t-il.

Ronsard, cette fois-ci, n'essaya pas de masquer son embarras :

— Vous savez comme moi, mon adjudant, que parfois on prépare des blagues aux nouveaux arrivés. Je me suis posé la question...

Combes éclata de rire. Deux secondes plus tard, il grimaçait, rappelé à l'ordre par ses côtes douloureuses.

— Je n'irais pas jusqu'à me fracturer quatre ou cinq os, à casser le bras d'un de mes gendarmes et à bousiller ma voiture de service pour assurer la mise en scène d'une blague, haleta-t-il.

Sacré Ronsard! Sous ses dehors guindés de gradé jugulaire-jugulaire, il était donc capable d'imagination! Tout à sa bonne humeur retrouvée, Combes refusa de pousser plus loin l'analyse du caractère de son adjoint et d'envisager une manie de la persécution.

— A propos de voiture, enchaîna-t-il, je crois qu'il faut ouvrir une autre enquête; sur les circonstances de l'accident, cette fois.

— C'est ce que m'a également ordonné le capitaine Tournayre, à qui j'ai rendu compte ce matin au téléphone. Il a promis de venir de Rodez aujourd'hui pour vous voir. Apparemment, vous êtes tenu en haute estime à l'état-major!

De l'utilité d'une passe d'armes nerveuse pour huiler les rouages de la hiérarchie : à présent, le maréchal des logis-chef souriait. Son regard était devenu amical, juste teinté de la touche de respect convenable ; détendu, son buste de sportif s'était tassé sur sa chaise. Il avait l'air heureux de celui qui voit enfin s'ouvrir une porte récalcitrante. Penché vers le lit, les coudes sur les genoux, une nouvelle flamme dans les yeux, il avoua :

— Je ne suis pas venu uniquement pour une visite protocolaire, mon adjudant. Je voudrais avoir votre déposition et celle du gendarme Berthier sur la collision qui a envoyé votre 203 à la casse.

— Est-elle complètement morte ?

— Complètement !

— J'espère que la haute estime de l'état-major hâtera son remplacement, souffla Combes, en se laissant aller sur ses oreillers. Quant aux dépositions, je crois que vous devriez convoquer Berthier ici. En comparant nos souvenirs respectifs, nous retrouverons sûrement beaucoup de détails intéressants.

Dans le silence qui suivit, Ronsard se leva et étudia les traits tirés de son supérieur, qui avait fermé les yeux. Il en avait plus appris sur le caractère de Combes au cours de cette visite qu'en quinze jours de cohabitation ou qu'en écoutant tout ce qui se racontait sur le limier de Villefranche, sa hargne, son entêtement, ses astuces, son courage physique que certains appelaient inconscience, son sens de l'équipe que les mêmes baptisaient jalousie de chef de bande. On lui avait vanté son efficacité dans les grandes affaires; on l'avait mis en garde contre sa nonchalance à traiter les petites; et surtout contre l'enjouement et la passion qui lui permettaient de manipuler son monde, des témoins au procureur. Tel quel, l'adjudant Combes lui plaisait. Comme chef et comme homme.

Au moment où il allait sortir de la chambre, sur la pointe des pieds, le blessé rouvrit les yeux.

— Mon vieux, dit-il, j'ai une faveur à vous demander. Je sais que je ne pourrai pas faire grand-chose sur ce lit, ni plus tard pendant ma convalescence. Mais j'aimerais bien vous aider pour nos deux enquêtes, sur l'accident et sur le mort de Toulonjac.

— Vous croyez donc qu'il existe un lien? questionna Ronsard. Il faudra d'abord le trouver!

— Vous verrez qu'on nous signalera une disparition un de ces jours, affirma Combes. Alors nous partirons en sachant où aller. En attendant, courez chercher Berthier.

En refermant la porte derrière lui, le chef sourit une nouvelle fois. L'adjudant était conforme à sa légende; une jambe en morceaux et quelques côtes cassées n'allaient pas l'empêcher de travailler. « Ma foi, s'avoua-t-il, étant donné que le dossier est vide, je ne serais pas fâché qu'il m'aide à le remplir et à le boucler. »

Au cours des onze jours qui suivirent, l'adjoint de l'adjudant Combes vint le voir tous les jours à l'hôpital. Officiellement pour prendre de ses nouvelles et constater que le blessé se remettait du choc de l'accident avec un tonus de jeune homme, même si, comme l'avouait Joseph, « la mécanique ne suivait pas encore ». Claire, qui passait la plupart des heures ouvrables au chevet de son mari, disait avec acidité :

— Si tu veux mon avis, ce chef Ronsard patauge complètement dans son enquête. Il ne te rend visite que pour se couvrir. Il voudrait pouvoir répondre que c'est toi qui orientes mal ses recherches si on lui reprochait de rester bredouille.

— Mais je ne te demande pas ton avis, avait répondu Combes que l'inaction et la raideur de ses côtes « de béton » privaient de sa diplomatie habituelle. C'est moi qui ai proposé à Ronsard de venir me rendre compte de ses démarches et des résultats.

— Je te signale qu'étant hospitalisé et en attente d'une permission de convalescence, tu n'es pas habilité à mener quelque enquête que ce soit, s'énerva sa femme. Le capitaine Tournayre te l'a dit et me l'a répété.

Joseph connaissait trop le caractère éruptif de Claire pour poursuivre les hostilités. Il sourit devant son regard de défi et le froncement guerrier des sourcils bruns. Il allait devoir adoucir de son mieux des rapports que les jours prochains risquaient de rendre orageux, quand il serait revenu chez lui.

— Sois tranquille, je n'ai pas l'intention de jouer au chien de chasse. Je voudrais seulement que Ronsard retrouve les vilains oiseaux qui nous ont sciemment envoyés dans le décor, Berthier et moi. Je suis sûr qu'il y arrivera, avec mon aide et mes conseils.

En gage de paix, il tendit son bras valide, main offerte. Peut-être n'était-il pas au mieux de sa séduction, car Claire le fixa, quelques longues secondes, comme si elle doutait de sa bonne volonté. Quand elle vint enfin s'asseoir sur le côté du lit, faisant mine de bouder encore, elle tapa sur la main ouverte.

— Ne cherche pas à m'attendrir en me tripotant. En ce moment, tu ne pourrais pas me faire grand mal, et même quand nous serons chez nous, je serai encore la plus forte. Il faudra filer doux, adjudant de mon cœur ! Si tu désobéis, je te lâcherai les enfants dans les jambes !

Prévisible Claire, dont il connaissait les fausses colères et le goût des réconciliations ! Son état de blessé lui donnait de nouvelles armes pour rétablir la joyeuse complicité qui les réunissait.

— Je sais bien que je serai impotent plusieurs semaines, dit-il avec une résignation bien imitée. Tu comprendras donc que Ronsard devra continuer à venir me voir souvent à la maison. Tu apprendras à l'apprécier, tu verras. Retrouver la camionnette de nos agresseurs n'est pas chose facile. Surtout pour un nouveau venu dans le pays.

— C'est une idée fixe, estima sa femme. Je sais bien que Berthier et toi prétendez que votre accident a été provoqué, mais je crois que c'est la réaction normale des passagers et du conducteur de la voiture qui a été envoyée au fossé. Et ne viens pas me demander pourquoi les autres se sont enfuis : connais-tu quelqu'un qui reste sur place de bon gré après avoir carambolé un véhicule de la gendarmerie ?

Joseph soupira. Claire tenait le même discours que son adjoint, le jour où Berthier et lui avaient mis au point leur première déposition.

— Croyez-vous vraiment, avait douté le chef, que quelqu'un vous en veuille assez pour vous attaquer de cette façon bizarre ? Comment expliquez-vous que votre ennemi ait su où vous trouver ? Et quel pourcentage de chances avait-il de ne pas vous rater ?

Pour le moment, Combes se sentait dépassé par toutes ces questions. Depuis une semaine il ressassait les souvenirs de toutes les années passées à Villefranche. Il croyait avoir toujours montré assez d'humanité envers ceux qu'il avait pourchassés ou arrêtés ; lequel d'entre eux avait amassé assez de haine pour oser se laisser aller à une vengeance aussi compliquée ? Il en était plus peiné qu'inquiet. Une telle hargne choquait son optimisme et sa foi dans la bonté de ses semblables.

La réaction de Claire l'amenait à reconsidérer, une fois de plus, les certitudes qu'ils s'étaient forgées, Berthier et lui.

Il se sentait faible et découragé. Serrant la main de sa femme dans la sienne, il renversa sa tête sur l'oreiller, avec la lenteur prudente inculquée par son corset étouffoir, et fixa le plafond blanc comme s'il allait y lire une formule d'apaisement.

Tout ce qu'il crut voir fut l'image déformée, comme dans un film d'épouvante, de deux visages aux yeux exorbités derrière un pare-brise, qui explosait en milliers de cristaux étincelants; l'expression de ces visages était tellement sauvage...

— Je suis sûr, dit-il lentement, que cet homme et cette femme nous ont télescopés volontairement. Je veux savoir pourquoi. Et qui ils sont.

Il faisait une chaleur de serre dans cette chambre d'hôtel de neuf mètres carrés. Sa canadienne marron jetée sur le dossier d'une minable chaise en pitchpin, chemise arrachée et roulée en boule à côté de lui sur le dessus-de-lit de coton froissé, torse maigre flottant dans un tricot de corps douteux, l'homme était allongé et s'appliquait à l'immobilité; à chacun de ses mouvements, les pieds du sommier, en tubes métalliques, couinaient misérablement. Avec ses cheveux très bruns, courts et bas sur le front, il avait un air de petite brute, qu'un regard noir et réfléchi pouvait faire croire dangereuse. Accoudé au traversin, le menton calé sur un poing osseux, il fixait le dos étroit de sa compagne, assise en combinaison de rayonne rose thé à deux mètres de lui, devant une coiffeuse de faux palissandre dont le vernis s'écaillait et dont le miroir souffrait d'humidité comme un mendiant d'une taie à l'œil.

Ces deux-là ne se parlaient pas depuis une heure, lassés d'une dispute qui remontait à dix jours au moins. Après leur visite à l'hôpital, ils avaient cru pouvoir se rassurer en changeant d'hôtel. Du respectable Terminus, où ils avaient passé les deux premières nuits de leur séjour à Villefranche, ils avaient échoué dans cette gargote dont les fenêtres donnaient sur le cours Saint-Jean. Ils n'y avaient pas trouvé le calme espéré. A tour de rôle ils jouaient à se faire peur, à supputer les risques qu'ils couraient à rester en ville, à proposer de tout laisser tomber et de rentrer chez eux, par le train. Immanquablement l'autre rappelait qu'ils avaient établi un plan depuis des mois et qu'il fallait s'y tenir.

Butée, penchée vers le miroir, la femme scrutait son image et faisait la moue. Elle n'avait pas le courage de maquiller les rides qui laçaient le contour de ses yeux, ni de farder ses joues creuses au teint trop pâle, qui trahissait un passé difficile. Elle aurait voulu aller chez le coiffeur, s'acheter une robe d'été et des lunettes de soleil, pouvoir passer pour une étrangère en vacances. C'était un vœu pieux. Leur budget était encore trop serré pour leur permettre de pareilles dépenses. Ils avaient calculé, alors qu'ils dressaient leur programme dans leur tranquille garni de Toulouse, que le notaire ne les préviendrait pas de leur bonne fortune avant le mois d'août. Encore leur faudrait-il, dans deux ou trois jours, finir le travail commencé.

D'un geste machinal, elle peigna de ses doigts maigres ses mèches blondes et raides. Du coin de l'œil, elle surveilla dans la glace la silhouette de son compagnon étalé sur le lit, et se demanda avec inquiétude s'il tenait réellement à elle ou s'il s'était lancé dans cette aventure uniquement pour toucher la grosse somme. Après tout, il n'était pas bon à grand-chose et avait dix ans de moins qu'elle...

Lui fixait toujours le dos à demi nu de la femme et les gouttes de sueur qui perlaient sur ses épaules et coulaient entre les omoplates saillantes.

— Finalement, dit-il à voix basse, en repassant tout en revue, nous nous en sommes plutôt bien tirés. A part cette connerie de visite à l'hôpital.

Depuis cette visite, il n'arrêtait pas de lui reprocher son excès de sensiblerie. Pourquoi diable aller demander des nouvelles des gendarmes ? C'était vrai qu'elle avait perdu pied devant l'air rogomme du planton des urgences, mais elle était certaine qu'il n'avait rien remarqué de son trouble.

— J'ai bien observé ce crétin de planton, continuait l'homme. Je suis sûr qu'il t'a prise pour une dérangée. Il s'est posé des questions sur cette bonne femme inconnue, qui surgit de nulle part, qui veut savoir si deux gendarmes sont bien morts dans un accident dont personne n'a eu le temps de parler en ville, et qui s'enfuit quand on l'appelle. C'est humain de sa part de se demander s'il n'y a pas quelque chose de louche là-dedans ! Ce type peut nous créer les pires embêtements.

La femme secoua la tête, excédée. Paulo entonnait ce refrain tous les quarts d'heure. Il était sorti seul en fin d'après-midi, « pour aller chercher des cigarettes », avait-il dit. Elle était persuadée qu'il était monté jusqu'à l'hôpital, pour guetter la sortie du petit homme à la pétrolette.

— D'ailleurs, je l'ai revu hier soir, ce gars-là, confirma Paulo. Je voulais savoir s'il n'avait remarqué que toi ou s'il m'avait vu aussi, l'autre jour. Crois-moi, j'ai été servi ! Dès qu'il m'a aperçu, il a sursauté et a disparu sur son engin à la vitesse grand V. Cette histoire le tarabuste.

— Et alors ? Que veux-tu qu'il fasse ?

Dans un grincement de sommier, l'homme s'assit en tailleur sur le lit.

— Je ne veux rien, gronda-t-il sourdement. Mais suppose qu'il aille à la gendarmerie raconter qu'il nous a repérés le jour de l'accident. Peut-être qu'en partant chez lui il nous a entrevus à côté de la camionnette. Crois-tu les pandores trop idiots pour se poser à leur tour des questions ? Tu peux t'attendre à ce qu'ils lancent leur cirque. D'accord, ils ne trouveront pas la camionnette tout de suite. Là, au moins, on a bien joué le coup. Mais s'ils ont un signalement, en fouillant les hôtels, ils nous mettront la main dessus en trois jours.

Il avait forcé dans le ton inquiet pour lui faire vraiment peur, mais il se souvint qu'elle n'était pas toujours aussi impressionnable qu'elle l'avait été après l'accident de la 203. Elle prit le temps d'allumer une gitane, sortie d'un paquet chiffonné posé sur la coiffeuse, et d'en tirer une bouffée.

— Es-tu en train de me proposer de rentrer à Toulouse et de faire provisoirement une croix sur nos projets ? demanda-t-elle.

— As-tu oublié ton mari ? dit-il avec brutalité.

C'est à peine si la gitane trembla entre les deux doigts maigres. Non, visiblement, elle n'avait pas oublié. Elle n'avait pas l'intention de passer leurs premiers efforts par profits et pertes. Cette garce voulait seulement le pousser à trouver une solution au problème posé par le planton. Une étincelle d'admiration dans l'œil, il détailla sa partenaire.

— Calme-toi, ricana-t-il. On continue. Je vais seulement aller demain soir discuter un peu de la situation avec notre ami de l'hôpital. Je suis bien sûr qu'il comprendra combien raconter sa petite histoire aux gendarmes pourrait être dangereux. Pour lui.

Il tendit le bras et tira sur une bretelle de la combinaison rose. Son visage épais était tout souriant, maintenant.

— Heureusement que je suis là pour réparer tes conneries, dit-il, séducteur.

Personne n'avait demandé à Combes comment il comptait quitter l'hôpital. Le docteur Pardaillac avait décidé pour lui. Jamais les ambulanciers n'avaient charrié de malade plus furieux à travers le grand hall. Les cannes anglaises dont il n'avait pas encore le droit de se servir se balançaient au poing d'un infirmier, qui marchait souplement devant son fauteuil roulant. Marguerite Bordes, en l'y jetant, l'avait chapitré d'une voix bourrue :

— Tenez-vous tranquille en rentrant chez vous ! Votre petite femme a assez de vos deux enfants pour que vous lui gâchiez la vie avec vos caprices.

Le docteur Pardaillac, entrevu pour une dernière inspection des plâtres, s'était montré tout aussi rébarbatif.

— Profitez donc de votre congé pour vous requinquer un peu. Dites-vous que vous risquez d'être réformé si vous n'obéissez pas à la Faculté.

Claire, qui trottait vers l'ambulance à côté de son fauteuil, le chef Ronsard, toujours aussi guindé d'allure, et Berthier, bras droit coincé à hauteur d'épaule par sa gouttière comme s'il allait crier « Heil Hitler! », constituaient le comité d'accueil. Conscients de la mauvaise humeur ambiante, aucun des trois n'avait osé une de ces paroles de bienvenue réservées aux rescapés, qui trahissent autant le soulagement de les voir tirés d'un mauvais pas que l'inquiétude de les voir rechuter à domicile.

Combes, pour sa part, dès qu'il roula sur le parking, oublia son irritation. Le ciel de cet après-midi de fin juin était d'un bleu délicat. L'air était tiède. Il se persuada qu'il sentait le foin coupé. En tout cas, une odeur de liberté. Après avoir vu hisser la chaise dans l'ambulance, les deux gendarmes étaient repartis en jeep vers la brigade. Claire, souriante et fraîche dans une robe de toile blanche, assise sur la banquette de moleskine à côté de son fauteuil, tapota allègrement son genou valide :

— J'imagine que ça te rajeunit de sortir d'un hôpital?

Appuyé au dossier de toile, menton levé, il ferma les yeux, bêtement heureux que sa femme ait si bien deviné ses sentiments. C'était vrai qu'il s'était revu, pendant quelques minutes, sortant de Lanessan, à Hanoi, après la blessure qui lui avait presque fait perdre un mollet, déchiré par un piège de bambou, en haute région tonkinoise[1]. D'habi-

1. Voir *L'Enigme de Ravejouls*, même auteur, même collection, Presses de la Cité, 1998.

tude, il évitait de réveiller ces souvenirs de son passé guerrier, vieux de bientôt treize ans. Il n'était plus ce jeune chef de maquis thaï, mais le patron d'une brigade de gendarmerie dans le fin fond d'une province française. En temps de paix. Il s'ébroua.

L'ambulance, que son conducteur menait avec plus d'esprit sportif que de souplesse, descendait la large rampe bitumée qui menait à la poste. Quand elle ralentit pour tourner à droite et s'engager sur la route de Montauban, Combes était tout à fait revenu au présent.

— J'ai trouvé que le personnel de santé me traitait un peu cavalièrement ce matin. J'ai pourtant été un patient idéal, ou presque. Et même si je m'étais montré impossible à vivre, ils auraient dû manifester leur joie de me voir partir. Alors que Pardaillac était sombre, et Bordes franchement désagréable.

— Ils ont des excuses, dit Claire, pensivement. Si j'ai bien compris ce que nous a raconté le planton des urgences, son collègue a eu un accident de vélomoteur en venant au travail ce midi ; il se serait jeté droit sur un poteau à l'entrée du parking et serait mort pendant que Pardaillac l'examinait. Fracture du crâne, paraît-il.

Joseph hocha la tête, sa belle humeur envolée.

— Décidément, philosopha-t-il, il y en a qui n'ont pas de chance. On n'imaginerait pas qu'un employé aux écritures d'un hôpital puisse mourir de mort violente. A moins d'être embringué dans une sombre histoire de trafic de médicaments.

— Arrête de faire du roman à tout bout de champ, s'énerva Claire. Cette fois-ci, il s'agit d'un banal accident de la circulation, dûment constaté par le commissariat de police. Inutile de fantasmer. L'affaire n'est pas de ton ressort.

I

3

En ces derniers jours de juin 1966, ainsi qu'au cours de la première décade de juillet, la brigade de gendarmerie de Villefranche-de-Rouergue parut limiter ses activités à la préparation des cérémonies accompagnant la fête nationale du 14 et à la surveillance des premiers vacanciers arrivant dans le pays.

Consciente que les gendarmes allaient pendant les semaines suivantes passer des heures chaudes sur les routes, traquant les touristes accidentés et les tenanciers d'auberges du cru désireux d'exploiter la même clientèle, l'autorité civile avait évité d'orienter les hommes du chef Ronsard, officiellement chargé à titre provisoire de remplacer l'adjudant Combes, sur les problèmes qui pouvaient être traités par le commissariat de police de la ville.

En deux semaines, celui-ci avait efficacement résolu deux des trois affaires qui lui avaient été soumises.

La première était un cambriolage, au cours duquel la charcuterie à l'enseigne du Palais de la Cochonnaille, sur la place Lescure, avait été l'objectif d'une bande très intéressée par les conserves de foie gras. Plus de cent boîtes avaient disparu dans les minutes qui avaient suivi le choc d'un pavé au milieu de la vitrine, en fin de soirée. Sans doute vexée de cette attaque d'un magasin situé à deux cents mètres du commissariat, la police avait fait diligence et avait arrêté, le lendemain soir, quatre campeurs étrangers en train de faire ripaille, au bord de l'Aveyron, entre leur guitoune dressée sous les saules et leur vieille voiture, dont la malle arrière contenait encore quatre-vingt-dix pour cent du foie gras dérobé. Le lieu de l'arrestation étant situé sur le territoire de la ville, le commissaire n'avait même pas jugé utile de signaler son action aux gendarmes.

La seconde enquête résolue concernait l'accident de vélomoteur dont avait été victime un aide-soignant de l'hôpital. Il était évident que le malheureux, parti de chez lui en retard pour prendre son service, avait forcé l'allure et perdu le contrôle de sa pétrolette. Il avait dérapé à l'entrée du parking et avait donné tête la première sur un poteau de signalisation, alors qu'il ne portait pas de casque. Le poteau conservait la trace du choc, le vélomoteur aussi. Bien qu'aucun témoin n'ait assisté à la scène, la police estima que la maladresse et l'insouciance du conducteur étaient seules responsables de son décès. Affaire classée, malgré les réclamations de la sœur du décédé, la fille Gabiou ; le commissaire, qui l'avait personnellement reçue, avait bien voulu mettre sur le compte du chagrin les représentations musclées de cette virago, qui assurait que son frère avait été victime de gens louches dont il avait surpris le comportement étrange.

La troisième affaire, encore sans solution, avait été ouverte quelques jours plus tôt, à la suite de l'incendie d'une camionnette, près des jardins maraîchers prolongeant la rue Sainte-Emilie-de-Rodat. Signalé au commissariat au petit matin, le feu, vraisemblablement allumé la veille au soir, avait entièrement détruit le véhicule. Effondré entre les tôles informes de la carrosserie, le moteur, bloc aux inscriptions gommées par le brasier, sa culasse fondue, gisait à même le revêtement comme une pierre tombale soudée sur son secret. L'absence de tout reste de plaque minéralogique rendait problématique l'éventuelle identification de cette ruine. Et le soin mis à l'exécution de l'incendie laissait croire que son auteur resterait inconnu encore longtemps. Pour la forme, parce que la maréchaussée pouvait chercher dans les communes avoisinantes des traces d'une camionnette disparue, le commissariat avait envoyé un mémo à la gendarmerie. Ronsard avait mis son visa sur une copie du papier qu'il avait fait punaiser sur le tableau de service : elle s'y fripait entre la photo d'un évadé de la prison des Baumettes, supposé traîner en pays rouergat, et celle d'une jeunesse de dix-sept printemps, officiellement disparue du domicile familial de Laguépie et vraisemblablement fugueuse aux basques d'un routard de passage.

Valentin Weber, le commissaire, qu'une carrière de vingt ans dans la police avait peu à peu conduit, de désillusions en échecs, au poste sans avenir de patron de trois inspecteurs et douze agents, espérait encore rencontrer un jour la chance de sa vie. Le tout-venant de ce début d'été, sous cet angle, n'avait pas été satisfaisant. Mais quand il reçut, ce matin du 12 juillet, le coup de téléphone du principal du collège, il ne mit que quelques secondes à comprendre que la quatrième affaire de la quinzaine allait être le signal de sa future retraite.

— Venez vite, commissaire, avait chuchoté la voix affolée du principal. Nous venons de trouver dans la cour le cadavre d'un de nos jeunes pensionnaires. Il semble qu'il ait sauté d'une fenêtre du dortoir. Soyez discret. Monsieur Massac, le juge d'instruction, m'a chargé de vous dire qu'il vous attendrait ici-même.

Weber n'eut même pas le temps de s'étonner qu'un pensionnaire couchât encore au collège, deux jours après la fin de l'année scolaire. Mais, planté devant son téléphone muet, il eut tout le loisir de sacrer contre le juge d'instruction, qui allait à n'en pas douter le submerger de consignes de prudence et le paralyser pour éviter un scandale public à la veille du 14 Juillet. Il n'osa pas imaginer comment il pourrait concilier les tentatives d'étouffement de sa hiérarchie et la prévisible curiosité de la presse locale qui voudrait dégrossir le travail avant l'arrivée des journaleux de Rodez et de Toulouse.

Le flair de Valentin Weber ne lui permettait peut-être pas d'aboutir dans ses enquêtes, mais il était infaillible quand il s'agissait de prévoir les embêtements.

Le cours Charles-de-Gaulle, dont la partie haute bordait le collège d'Etat de Villefranche, était généralement, en cette saison, un lieu de promenade pour les touristes et les désœuvrés, qui se laissaient tenter par les terrasses de deux ou trois cafés commandant les accès au centre-ville par les rues Prestat et Fabre. Un peu plus loin, en descendant vers l'Aveyron, le trottoir du cours prenait un air austère, bordé qu'il était par un mur de pierres grises, auxquelles l'âge collait un fard d'humidité. Coupé en son milieu par un porche à clocheton et une construction destinée à loger un concierge, cet alignement ne semblait pas délimiter un établissement carcéral. Vu de l'extérieur, il ne dépassait pas un mètre vingt de haut, sans addition de grillages ou de piquets rébarbatifs. Le sommet était vierge de tout tesson de bouteille. On pouvait penser que les responsables de l'établissement avaient toute confiance dans la vertu et la sagesse des internes. En fait, la cour et le collège tout entier, de l'autre côté du mur, s'étalaient au fond d'une dépression de plus de trois mètres, de sorte que les promeneurs du cours Charles-de-Gaulle étaient au niveau des grandes fenêtres du premier étage, domaine des salles d'étude et du réfectoire.

Par ailleurs, les éventuels candidats à un franchissement nocturne et illicite de l'enceinte, même s'ils possédaient le goût du risque capable de séduire la jeunesse, n'estimaient pas que les tentations offertes par le Villefranche *by night* valussent de s'exposer à risquer une interception par le concierge-veilleur de nuit. Ce quinquagénaire à pilon de mutilé passait pour défendre le rempart de sa fosse avec hargne. Quelquefois même avec brutalité. Aucun parent d'élève n'avait jusqu'ici jugé utile d'aller représenter au principal que tenter de faire le mur ne méritait pas une taloche ou un coup de canne au bas du dos.

Alors que les grandes vacances scolaires étaient déjà commencées, les trois voitures stationnées au ras du trottoir, à hauteur de la conciergerie, constituaient un spectacle anormal. Une vingtaine de badauds, qui n'avaient pas encore osé traverser le cours, s'agglutinaient devant le garage Alibert, piétinant dans les flaques d'huile noire, entre quelques ruines de véhicules. En face, un gendarme montait placidement la garde à côté du porche.

— Bon sang, regimba le commissaire Weber avant même de descendre de la Citroën de service, si c'est comme ça que ce crétin de Massac comprend la discrétion !

Quand le gendarme le salua, il était furieux et il dévala les dix marches du grand perron carré, jusqu'au niveau de la cour goudronnée, pressé par l'envie de dire son fait au juge d'instruction.

Son irritation s'accrut encore quand il détailla le groupe qui l'attendait de l'autre côté de la cour, auprès d'une grande porte surmontée de la pancarte « Administration ». Presque aussi large que haut, revêtu d'une ample blouse de toile grise qu'il affectait de considérer comme son uniforme d'enseignant, monsieur Antoine Monluc (« sans *t* au milieu », avait-il coutume de dire avec coquetterie), principal de l'établissement, semblait avoir perdu son habituel air de tranche-montagne. Il écoutait avec une expression inquiète ce que lui disait une grande perche d'une trentaine d'années, dont l'âge et le négligé de la tenue choquaient le conformisme de Weber à chacune de leurs rencontres. Ce « petit » Massac manifestait en outre fort peu de considération pour les qualités professionnelles du commissaire. La présence auprès de lui du nouvel adjoint de la gendarmerie, raide dans son uniforme, était une nouvelle preuve de plus de la méfiance du juge envers la police.

Mais la pire des avanies était bien la présence, entre Massac et Ronsard qui l'encadraient avec les prévenances de deuxièmes lignes de rugby pour leur demi de mêlée, de ce nabot que Weber regardait comme un ennemi intime. Ne prétendait-on pas, à Villefranche, que les cinquante kilos de l'adjudant Combes valaient dix fois le quintal du commissaire ? On l'avait cru hors course, après son accident, et voilà qu'il réapparaissait ! En civil, c'est vrai, et tout bardé de plâtre et de cannes anglaises ; mais présent au départ d'une affaire « sensible ».

Peut-être pour marquer son impolitesse à l'égard du juge, le policier fit mine de ne voir que ce petit blessé pathétique.

— Alors, mon cher Combes, déjà debout ? Vous allez faire plaisir à vos nombreux amis. Avez-vous retrouvé la trace de vos assaillants ? (L'hypothèse d'un attentat prémédité contre les gendarmes avait beaucoup amusé le personnel du commissariat.)

Combes hocha la tête. Il avait mauvaise mine et souffrait manifestement de l'effort physique qu'il avait fait pour descendre dans cette cour. Mais il ne pouvait gommer un petit sourire, qui trahissait sa satisfaction d'être à nouveau actif ; Weber jugea que c'était un ricanement de défi.

Avant que l'adjudant n'ait répondu, le juge d'instruction reprit la direction de l'entretien :

— Comme je le disais à nos amis gendarmes,

avant votre arrivée tardive, monsieur le commissaire, je vous ai tous convoqués ici dans l'idée que plusieurs spécialistes valent mieux qu'un seul. Suivant les développements de notre affaire, je confierai l'enquête soit à Combes et à son adjoint, soit à vous. En attendant, j'aimerais que nous discutions ensemble de vos impressions. Cela dit, nous sommes prêts à vous suivre, monsieur Monluc, et à écouter ce que vous savez de cette histoire.

Le principal avait l'habitude de jouer au bridge une fois par semaine avec le juge d'instruction et son greffier au domicile de Bernard Lafarge, l'ancien député-maire retraité; il ne montrait bizarrement aucun signe de décontraction. Lui qui incarnait volontiers les érudits diserts dans les salons bourgeois et qui recevait les parents d'élèves venus de la campagne avec une autorité rébarbative paraissait ce matin-là hésiter entre un silence prudent et des protestations d'irresponsabilité. Les poings enfouis dans les poches de son sarrau gris, il s'engouffra dans le couloir qui menait, à travers les pièces attribuées à l'administration, jusqu'à la deuxième cour de l'établissement.

— C'est dans le dégagement réservé à l'entrée des fournisseurs que s'est produit ce malheur, expliquait-il en trottinant, devant les quatre enquêteurs muets.

En queue de la procession, les bras raides sur ses cannes, les dents serrées et l'œil mauvais,

Combes s'acharnait à suivre l'allure le long des couloirs. Le tapotement sur les dalles des bouts caoutchoutés de ses demi-béquilles semblait à monsieur Monluc accompagner son rythme cardiaque personnel avec malignité, comme si le gendarme doutait de son innocence.

— Je tiens à préciser solennellement, dit-il en s'arrêtant avant d'ouvrir une dernière porte vitrée, que rien ne pouvait laisser prévoir une telle résolution de la part du jeune Caretoux.

D'un hochement de tête synchronisé, les quatre autres enregistrèrent la protestation.

— Ouvrez donc cette porte, dit sombrement le juge. Vous nous expliquerez plus tard.

— Il est tombé presque au ras du mur. Pour un peu, on n'aurait pas pu ouvrir ce vantail, dit encore Monluc à voix basse.

On eût dit que ce détail l'avait choqué comme une impolitesse. Ou peut-être voulait-il préparer ses visiteurs à porter leurs regards sur l'essentiel, avant de pousser le battant vers l'extérieur. Il s'effaça pour laisser les enquêteurs se glisser dans la cour.

Arrêté par les trois étages du corps principal du collège, le soleil de juillet n'atteignait pas le sol cimenté. En face, à moins de six mètres, s'élevait un lugubre mur crépi, qui devait être mitoyen avec la maison de repos de la rue des Cordeliers. En cette période de vacances où s'était tue l'animation des cuisines, fermées sur leurs marmites froides, ce puits ressemblait tout à fait à l'aire de promenade d'une prison. Une vague odeur de graillon ajoutait une gêne physique à l'impression de solitude impuissante que faisait naître cette venelle.

Malgré l'avertissement du principal, le juge et ses limiers faillirent trébucher sur le corps, étalé à plat dos à moins de deux mètres de la porte.

— C'est Roger Caretoux, présenta le directeur avec une componction de croque-mort.

Censés être, par leur profession, vaccinés contre le spectacle d'un cadavre, les quatre hommes évitèrent de laisser paraître quelque émotion, mais ils y parvenaient mal. Massac fronçait les sourcils et ne contrôlait pas le frémissement de son menton ; Weber avait redressé les épaules, comme pour voir le mort de plus haut, et le chef Ronsard avait fléchi les genoux ; accroupi sur ses talons, il scrutait le visage de Roger Caretoux d'un regard fixe, qui eût fait croire qu'il en attendait une dernière parole. Malgré l'inconfort de son pansement encore serré sur les côtes, Combes avait penché le buste, saisi par le complexe sentiment de colère et de chagrin que faisait gronder dans sa tête la vue d'une victime innocente.

— Il a manifestement sauté de la fenêtre du deuxième étage. C'est celle du dortoir où il couchait.

Derrière le groupe, le principal semblait avoir retrouvé un peu d'assurance.

Homme de culture et de réflexion, sa voix affirmait ses certitudes.

Ronsard tourna la tête et regarda le visage attentif de son adjudant, au-dessus de son épaule.

— C'est vrai qu'il est en tenue de nuit, dit-il pensivement. Mais je ne le trouve pas terriblement abîmé, après une chute pareille.

— Sans doute une fracture du crâne, et la colonne vertébrale doit être en petits morceaux, supputa Combes. Peut-être a-t-il été assommé avant d'être transporté ici ? ajouta-t-il en se relevant péniblement sur ses cannes.

Le juge d'instruction sursauta, au moins autant que le principal.

— Qu'est-ce qui vous fait croire que ce garçon ne s'est pas suicidé ? s'horrifia le magistrat. Vous rendez-vous compte du bruit que pourrait faire une telle supposition dans le pays ?

Combes était fatigué. C'était la première fois qu'il avait réussi à échapper aux soins jaloux de Claire depuis qu'il avait quitté l'hôpital. Il s'adossa au chambranle de la porte et regarda Massac d'un œil où le juge crut lire une étincelle de mépris.

— Savons-nous qui était ce garçon ? Pourquoi était-il encore au collège alors que l'année scolaire est terminée ? Quelle vie menait-il ici avant de partir en vacances ? Qui l'a trouvé dans cette cour, et quand ? Ce sont tout de même des questions importantes.

Massac transmit d'un coup de menton cette liste d'interrogations au malheureux Monluc.

— Vos réponses, sans détails inutiles, s'il vous plaît ! aboya-t-il.

— C'était un de nos trente-deux pensionnaires. Treize ans et demi. Il devait entrer en quatrième en octobre. Intelligence moyenne mais appliqué et discipliné, pas un chahuteur. Son père habite Toulonjac, mais voyage assez souvent pour son travail. Je crois qu'il fait des convoyages pour l'aéroclub. Il m'a prévenu par lettre il y a deux semaines qu'il ne pourrait pas venir chercher son fils avant le 20 juillet. C'était arrivé pour d'autres départs en vacances, je n'ai rien vu là d'anormal. Roger continuait à coucher dans son dortoir et prenait ses repas à ma table. Madame Monluc le trouvait gentil. C'était un garçon tranquille.

A débiter ses explications, la voix du principal était redevenue celle d'un honnête fonctionnaire survolant un dossier. Le dossier se fermait un peu brutalement. Dommage, mais qu'y pouvait-on ?

Le juge n'était pas calmé par ce récit rapide. Il convenait que le directeur avait l'air parfaitement confiant, mais le soupçon semé par Combes laissait des traces.

— Quand avez-vous vu ce gamin vivant pour la dernière fois ? demanda-t-il.

— Hier au soir, après le dîner. Il m'a demandé la permission d'emporter un livre de Fenimore Cooper, et il est parti se coucher après nous avoir salués, ma femme et moi. Je me rappelle lui avoir recommandé d'éteindre la lumière là-haut après sa lecture. C'est monsieur Vergelas, notre concierge, qui l'a trouvé ici en faisant sa ronde, vers neuf heures ce matin. Aussitôt prévenu, j'ai conseillé à ce brave homme, qui avait l'air très choqué, d'aller vous attendre dans sa loge.

— Etes-vous monté au dortoir pour voir si la victime avait laissé une lettre ou quelque indice? questionna encore Combes, sans avoir l'air de se soucier beaucoup de la réponse.

— Bien sûr que non, dit le principal, outré qu'on pût lui prêter une curiosité si inconvenante. Je crois que c'est votre travail, conclut-il pour remettre ces fouineurs à leur place.

Pour une fois, ces fouineurs avaient l'air parfaitement d'accord. Le commissaire Weber lui-même avait paru apprécier les interventions de son rival gendarme.

— Soyez tranquille, dit-il, nous irons fouiller un peu le paquetage de ce garçon et nous interrogerons le concierge. Mais lettre d'adieu ou pas, je crains que les suppositions de notre ami l'adjudant concernant ce décès brutal ne soient parfaitement justifiées.

Peut-être, affiché au pied même du cadavre, le grand sourire de Weber était-il déplacé, mais il était ravi de montrer ses propres qualités d'observation et de contribuer à plonger le « petit » Massac dans l'embarras.

— Voyons, monsieur le juge, comme l'ont remarqué Combes et son adjoint, pourquoi cet interne si discipliné et si gentil, au dire de monsieur Monluc, et si habitué à voir ses vacances retardées par les absences de son père, aurait-il subitement décidé, après avoir lu *Le Dernier des Mohicans*, de sauter par la fenêtre d'un deuxième étage en pantalon de pyjama ? Pire, regardez le sol de cette cour. Il y a juste un peu de sang sous la tête de ce malheureux. Il devrait y en avoir une flaque d'un mètre de diamètre. Qui a épongé cette flaque ?

— Bravo, applaudit Combes. Je n'aurais pas dit mieux.

Monluc était atterré, et tirait sur sa cravate pour éviter une crise d'étouffement menaçante. Le juge se mordait les lèvres, un instant désarçonné par le front commun de ses enquêteurs. Dire qu'il avait misé sur leurs désaccords pour enterrer rapidement une affaire gênante à deux jours de la fête nationale !

— Soit, se reprit-il. Commissariat et gendarmerie restent conjointement en charge de cette enquête. Réunion tous les soirs dans mon bureau avec tous vos résultats. Et pas un mot à la presse pour le moment. Je vous laisse monsieur le principal pour vous piloter dans son établissement. Je vais rendre compte au procureur.

Weber posa une main apaisante sur l'épaule de Monluc.

— Je crois, dit-il, que nous allons commencer par le dortoir. Venez-vous, Combes ?

L'adjudant secoua la tête en souriant. Il n'aurait jamais cru jusqu'à présent être capable de faire bonne figure à ce butor de commissaire qui le traitait depuis des années en quantité négligeable ; mais il venait de réviser son jugement. A Villefranche du moins, la guerre des polices allait connaître une trêve. Discrètement, il désigna à son adjoint Weber et Monluc qui se dirigeaient vers un escalier.

— Je vais aider ces messieurs à chercher là-haut, dit tranquillement Ronsard. A moins que vous n'ayez besoin de moi ?

— Non, non, le rassura Combes. Pour ma part, j'aimerais discuter un peu de tout ça avec le brave Vergelas, dans sa loge de concierge. Vous me retrouverez là-bas.

Un long moment, après que les pas des trois autres eurent cessé de claquer sur les marches de bois, Combes resta seul sur le seuil, appuyé à cette porte ouverte devant les pieds nus de l'adolescent mort. Il se sentait éreinté par les efforts qu'il s'était imposés ce matin. Mais s'il hésitait à trouver le courage de se remettre en route vers ces longs couloirs sombres, la traversée de cette cour de bitume large comme un stade et l'escalade du perron jusqu'à la conciergerie, ce n'était pas seulement à cause de la fatigue. Il venait de prendre conscience qu'il allait abandonner là, dans cette venelle sans soleil, le cadavre d'un garçon de treize ans à demi nu que personne n'avait même pensé à recouvrir d'un drap. Il se sentit impuissant à rendre quelque service propre à redonner un peu de dignité à ce petit mort solitaire.

— Crois-moi, jeune Roger, dit-il sourdement, je ferai tout pour que tu sois vengé.

Il laissa le lourd vantail se refermer derrière lui et entama avec rage le premier pas de son long calvaire, cannes, jambe valide, balancement, souffrance, cannes...

4

Lorsque ce grand flandrin de Ronsard avait arrêté ce matin la 203 de remplacement, affectée de la veille à la brigade, devant la porte de leur maison, Claire Combes n'avait pas vu malice à cette attention.

— L'adjudant sera peut-être content de faire connaissance avec notre nouvelle voiture, avait souri le chef.

Elle aurait dû se méfier. Joseph avait voulu voir l'engin de près, s'était halé à la force des bras jusqu'à la portière peinte de neuf et avait innocemment demandé où son adjoint allait inaugurer cette beauté. D'apprendre que Ronsard était convoqué par le juge pour constater un supposé suicide au collège l'avait attristé en lui faisant sentir son inutilité.

— J'aimerais être avec vous, avait-il murmuré.

— Le juge aussi aimerait que vous soyez présent. « S'il pouvait tout de même venir... », m'a-t-il dit au téléphone.

— Bien sûr que je peux!

Jonglant avec ses cannes et la poignée de la portière, cet imbécile de Joseph s'était jeté dans la voiture comme un gamin qui s'évade, sourd aux cris de sa femme. Claire avait trépigné de colère sur son paillasson en regardant la 203 disparaître vers la place Jean-Jaurès.

Depuis, Robert et Thi-Ba, les deux enfants, se montraient anormalement sages et silencieux; leur mère n'avait pas manqué de leur signifier qu'elle n'était pas d'humeur à supporter d'autres insoumis dans cette famille.

Combes ne revint chez lui qu'aux environs de midi, conscient qu'il avait trop présumé de ses forces et qu'il allait affronter un orage conjugal de grande amplitude. Mais sa visite au collège avait réveillé son démon; il n'envisageait pas d'abandonner une enquête dont le départ paraissait si complexe. Il s'arrangerait pour moins s'impliquer physiquement et ferait davantage travailler ses subordonnés, voilà tout.

— Passez me voir ici vers cinq heures, dit-il à Ronsard qui rentrait à la brigade avec la voiture. Nous comparerons nos trouvailles afin que vous puissiez damer le pion au sieur Weber ce soir chez le juge. Je n'irai pas. La sortie de ce matin m'a crevé.

Il avoua la même chose à Claire, avec humilité, quand elle revint une demi-heure plus tard, de « faire ses courses ». Propres et peignés comme pour une parade, les deux enfants la suivaient avec la raideur touchante de ceux que menace une éventuelle privation de goûter.

— Papa est rentré. Il est guéri, cria Thi-Ba, oublieuse des consignes, en courant vers le fauteuil sur lequel son père s'était affalé.

— Non, il n'est pas guéri, mais il faut bien qu'il déjeune quelque part, répliqua la voix faussement enjouée de Claire. Malheureusement, je n'ai pas fait de cuisine aujourd'hui.

Elle tourna la tête vers son mari, persuadée de le voir sourire et prête à un esclandre. Mais il avait fermé les yeux et son expression poupine habituelle avait disparu. A chaque respiration, ses côtes endolories le faisaient grimacer, et son plâtre à la jambe pesait véritablement une tonne.

Brusquement, la colère qui faisait bouillir Claire depuis le matin s'évanouit. Elle fit en silence les trois pas qui la séparaient du fauteuil et posa une main conciliante sur la tignasse mouillée de sueur de son mari. Sans bouger d'un pouce, paupières toujours fermées, il fit amende honorable.

— J'ai eu tort de sortir ce matin, dit-il d'une voix lasse. Je ne suis pas en état d'aller galoper par monts et par vaux.

— Au moins, demanda sa femme, est-ce que ça en valait la peine ? Raconte-moi, voyons !

Il raconta par le menu les heures passées au collège. Autant pour satisfaire l'inévitable curiosité de Claire que pour classer ses impressions. Il dit la gêne évidente du principal, la naïveté de Massac, la perspicacité acerbe du commissaire, le sang-froid et la technicité de Ronsard. Il avoua surtout combien l'avait troublé la vue du jeune garçon étalé sur le ciment de cette cour aveugle.

Il avait rouvert les yeux pour évoquer le maigre torse encore enfantin, le visage pâle et la bouche béante sur un cri silencieux, la posture abandonnée du cadavre.

— Il avait les mains relâchées, alors qu'un suicidé devrait par réflexe se crisper dans l'attente du choc. Autant que la faible quantité de sang dans cette cour, c'est cet amollissement qui m'a persuadé qu'il n'avait pas sauté du deuxième étage; que quelqu'un l'avait tué avant de le jeter là.

De saisissement, Claire s'était assise sur le bras du fauteuil, comme elle le faisait quand Joseph était valide.

— Comment peut-on faire une chose pareille à un enfant? soupira-t-elle, les doigts noués dans les cheveux de son mari.

A peine entendaient-ils, dans le calme de leur maison douillette, les voix aigrelettes de Thi-Ba et de Robert qui se chamaillaient dans leur chambre.

— Tu ne peux pas laisser tomber une affaire pareille, dit-elle enfin. Ça ne va pas être facile, avec tes béquilles, mais tu dois continuer l'enquête ; je t'aiderai.

En d'autres circonstances, Combes eût souri devant l'air guerrier de sa femme, qui se redressait avec un visage grave et des yeux encore pleins d'horreur. Il se contenta de l'assurer qu'il n'envisageait pas de rester en dehors des recherches.

— Nous irons peut-être moins vite que si je pouvais me déplacer, affirma-t-il, mais je dirigerai la traque de ce fauteuil. J'ai promis à Roger Caretoux d'arrêter son meurtrier.

— C'est bien, conclut Claire. Compte sur moi. Nous le trouverons.

Comme pour montrer qu'elle reprenait sans arrière-pensée ses fonctions d'épouse et de mère, elle pivota en direction de sa cuisine, en proposant de faire une omelette pour rattraper le retard du déjeuner.

— Il n'y avait rien dans ce dortoir qui puisse suggérer une bagarre. Une douzaine de lits vides, dont les matelas étaient roulés sur des sommiers de lattes métalliques. Tous intacts. La place du jeune Caretoux était seule en désordre, lit défait, draps traînant par terre, parquet poussiéreux autour d'une paire de chaussures de campagne mal entretenues. Une chemise, un caleçon et un blue-jean non pliés étaient jetés sur le châlit d'à côté, avec des chaussettes percées. C'était presque émouvant si l'on pensait à ce garçon étendu deux étages plus bas. Mais ni le commissaire ni le principal n'avaient l'air de faire du sentiment. Nous n'avons trouvé aucune trace de sang, aucune trace non plus d'un nettoyage du plancher. Le ou les assassins du gosse sont venus le réveiller et l'ont emmené ailleurs.

Le chef Ronsard, son calepin de notes sur les genoux, avait l'air d'un vieux commensal de la famille Combes. Quand il était arrivé, Claire avait bien voulu se montrer sensible à son souci de ne pas déranger, et l'avait fait asseoir d'autorité sur la meilleure chaise du salon, face à Joseph. Un verre de bière fraîche à portée de main, il avait eu droit à une poignée de main distraite du jeune Robert, vite retourné dans sa chambre à ses modèles réduits, et à un baiser discret de Thi-Ba, qui l'avait longuement fixé d'un regard luisant, en lui demandant si c'était lui « le pouète ». Se sentant adopté, Ronsard avait abandonné beaucoup de sa réserve et de ses mines coincées. Installée au fond du salon, muette sur le divan, Claire en arrivait même à se figurer que le nouvel adjoint commençait à prendre l'accent.

— Avez-vous trouvé quelque chose dans l'armoire du garçon? Des vêtements, j'imagine. Des bouquins? Du courrier?

Combes s'énervait du vide que trahissait le compte rendu du chef. Il y manquait toutes les impressions qu'il aurait ressenties s'il était monté lui-même dans ce dortoir. Il aurait apprécié la lumière, l'ouverture des fenêtres, la présence des crochets les empêchant de battre, l'odeur un peu aigrelette de cette salle où avaient dormi une douzaine de gamins, pour la plupart campagnards peu portés aux ablutions. Il en voulait à Ronsard de ne rien dire sur l'absence d'un tabouret devant la fenêtre critique qui aurait permis à Caretoux d'en enjamber le rebord. Le meurtrier l'aurait-il oublié dans la mise en scène d'un suicide ? Pourquoi personne, apparemment, n'avait-il pensé à noter comment ce dortoir était éclairé le soir ? Quel était l'ampérage des ampoules ? S'en trouvait-il une assez près du lit de la victime pour lui permettre de lire au lit ? Où se trouvait le commutateur ?

Bouillonnant de toutes ces questions encore informulées, l'adjudant mesurait les difficultés à venir et l'effort qu'il aurait à fournir pour préparer dans tous les détails les missions qu'il serait bien obligé de confier à ses aveugles de subordonnés.

— Voyons, Ronsard, il devait bien y avoir quelque indication importante dans ce gourbi ? Quelque chose qui nous ferait découvrir comment ce pauvre pensionnaire a passé ses deux derniers jours.

Le chef restait le nez plongé dans son carnet. La mauvaise humeur évidente de Combes lui paraissait peu motivée. Il était persuadé du soin qu'il avait apporté à noter les détails de sa visite au dortoir. Tout, il avait tout noté, y compris la hauteur des fenêtres qu'un adolescent de la taille de Caretoux n'eût pu enjamber sans marchepied ; y compris l'absence d'ampoule électrique au bout du fil qui descendait du plafond au-dessus du lit défait.

— Je ne sais pas comment le garçon pouvait lire là-haut, dit-il placidement, l'éclairage ne marchait pas. D'ailleurs, nous n'avons pas trouvé dans son armoire le livre de Fenimore Cooper prétendument prêté par le principal.

Cette fois, Combes retrouva un semblant d'intérêt pour le compte rendu de son adjoint.

— Pour achever la liste de nos découvertes, continuait ce dernier, outre le trousseau en très mauvais état du jeune Roger, son armoire contenait un couvert de fer-blanc, une boîte de foie gras entamée, à mon avis bonne à jeter, et une enveloppe fermée adressée à « Monsieur Caretoux, de la part de son fils ».

— Que vous avez ouverte aussitôt, conclut l'adjudant, maintenant tout émoustillé dans son fauteuil.

Ronsard leva sur son supérieur un regard navré.

— Que j'ai été contraint de laisser emporter toujours cachetée par le commissaire Weber. Nous étions en ville, donc dans sa juridiction. Il a simplement déclaré que la missive devait être remise intacte à son destinataire. Je vous rappelle que celui-ci est absent jusqu'au 20 juillet !

— Ce Weber est un âne, cracha Combes. Vous devrez convaincre le juge d'exiger l'ouverture de cette lettre. Il faut savoir sur quel papier elle a été écrite, et par qui. C'est sans doute l'annonce du suicide, faite par un tiers qui aura contrefait l'écriture du garçon.

— Et si elle était réellement de sa main? supposa Ronsard.

L'adjudant regarda son subordonné de travers.

— Je croyais que vous étiez convaincu depuis ce matin!

— Je le suis, mais je me pose des questions. Il faudrait prouver que quelqu'un d'autre que la victime, le principal, sa femme et le concierge pouvait pénétrer dans ce collège-forteresse.

— Il doit y avoir une bonne dizaine de personnes qui sont entrées dans votre château fort, s'amusa Combes. Blanchisserie, peintures à refaire, examen des chaudières pour l'hiver, bien des corps de métiers sont admis dans les pensionnats pendant les vacances. Le digne Monluc vous en parlera mieux que moi.

Il jubilait en tapotant le carnet du chef du bout d'une canne anglaise.

— Il y a mieux encore. Le père Vergelas m'a avoué ce matin que, depuis la fermeture des classes, Roger Caretoux sortait librement en ville quand il en avait envie. Par la porte d'accès des fournisseurs, qui donne justement dans la cour où il l'a trouvé. Il paraît que toute l'année les grands de seconde et de première sont sortis par là avec une fausse clef; ils l'avaient prêtée à notre vacancier retardataire qui devait la rendre à la rentrée. Vergelas ferme les yeux depuis des mois.

Ronsard hocha la tête. Il comprenait mieux à présent pourquoi son adjudant s'impatientait d'une absence de preuves concrètes. Si le pensionnaire pouvait à son gré aller se promener à l'extérieur, il pouvait aussi bien avoir introduit un étranger dans l'établissement.

— Weber a tiqué quand nous avons trouvé la boîte de foie gras, remarqua-t-il. Il a prétendu qu'elle ressemble exactement à celles qui ont été volées dans une charcuterie en ville la semaine dernière.

— N'importe qui peut avoir accès dans un magasin. Le père de Roger, par exemple, pouvait très bien avoir envoyé des vivres à son fils.

— Le principal prétend que ça n'arrivait jamais. Le sieur Caretoux est paraît-il un ours, et de plus un ours radin. Sa femme l'a plaqué il y a plusieurs années. Il vit seul et s'occupe peu de son fils pendant l'année scolaire.

— Bien, digéra Combes. Nous entreprendrons une enquête sur cette boîte de conserve. Ou Roger l'a achetée lui-même, ou elle a été volée et il a rencontré les voleurs. Ce pourrait être une piste. Il faut retrouver ces amateurs de produits du terroir et les questionner.

— Vous allez être grillé au poteau, sourit Ronsard. Le commissaire les a arrêtés et remis entre les mains du juge voilà quatre jours. Vous n'allez pas pouvoir les interroger sans expliquer à Weber et à Massac ce que vous en attendez.

— S'il le faut, j'expliquerai toutes les hypothèses possibles avant même de les établir, s'énerva Combes. Mais je ne veux pas avoir sans arrêt la police dans les jambes. Il faut que le juge nous donne la direction de l'enquête. A nous seuls. Sinon Weber va jouer sa partie sans nous tenir au courant de ses progrès, s'il y en a ; il fait déjà de la rétention de preuves, avec ce foie gras et la lettre au père. Et qu'est devenu le corps du garçon ?

— Le juge attend les résultats de l'autopsie demain soir. Sous prétexte que le suicide était évident, il n'avait pas l'air enthousiaste quand je lui ai téléphoné tout à l'heure. Je crains de m'être montré très pressant pour exiger cet examen, mais il a fini par céder.

L'adjudant dévisagea son adjoint avec incrédulité.

— Voulez-vous dire que vous avez fait plier notre petit dictateur en exigeant quelque chose de lui ? (Il éclata de rire.) Ronsard, dorénavant je me garderai de toute autorité abusive à votre égard. Avec votre air sérieux et votre accent pointu, vous en tromperez plus d'un ! Obliger Massac à revenir sur une décision, c'est une performance !

Le compliment paraissait bien un peu outré au

maréchal des logis-chef. Il n'était pas habitué à la mobilité d'expression de ses supérieurs. Cet adjudant, qui physiquement n'avait rien d'impressionnant, le désarçonnait par sa facilité à changer d'humeur. Il se savait lui-même appliqué et consciencieux, mais admettait honnêtement être un peu lent d'esprit. Avec Combes, dont le cerveau semblait fonctionner avec la rapidité d'un central téléphonique automatique, il allait être à rude épreuve. Tout compte fait, il trouvait cet avenir excitant.

— N'empêche, dit-il en cherchant à se mettre au diapason, que j'ai peut-être indisposé le juge. Mais je doute de pouvoir faire le poids ce soir pour l'amener à me confier l'enquête en exclusivité!

Un soupir compréhensif lui répondit. Puis un silence où passaient quelques suggestions informulées. La transmission de pensée est-elle fréquente dans les ménages unis? Ce fut en tout cas la femme muette, qu'on eût pu croire endormie sur son divan, qui décida d'une voix assurée :

— Joseph, puisque tu as commencé à faire l'imbécile, il ne te reste plus qu'à continuer. Tu feras attention à tes côtes et à tes plâtres, mais tu accompagneras ce soir monsieur Ronsard chez le juge. Je suis certaine que tu sauras le convaincre de faire ce que tu veux.

— Je suis fatigué, gémit Combes.

— Sale hypocrite, ricana Claire, tu meurs d'envie d'y aller.

5

Madame Hernandez, qui tenait un commerce minable de fruits talés et de légumes flétris, au coin de la rue Sainte-Lucie et de la rue des Arcs-Saint-Cyprien, scrutait le ciel d'après-midi et s'irritait de le trouver rassurant, alors que ses vieilles jambes lui annonçaient de la pluie. Elle hésitait à rentrer les sept ou huit cageots de son étal à l'abri de son magasin. Cette prudence, qui la tentait fort, supposait un peu d'exercice mais lui permettrait ensuite de fermer les volets de son échoppe. Aussi bien, elle ne vendrait pratiquement rien d'ici à la tombée de la nuit. Autant s'accorder quelques heures de congé, pendant lesquelles elle pourrait aller, un pâté de maisons plus loin, porter sur la tombe d'Anselmo le bouquet de cosmos qu'elle avait arraché à son grossiste ce matin.

De son vivant, elle avait beaucoup récriminé contre les mauvaises manies d'Anselmo ; il était paresseux, macho, menteur, violent, et consacrait à son coup de rouge biquotidien une trop grande part du bénéfice de la revente des tomates et des salades. Maintenant que ce tyran domestique ne régnait plus que sur un tumulus d'un mètre sur deux — numéro 63, allée 14 — au fond du cimetière des Rapas, madame Hernandez se rendait volontiers auprès de son vieux compagnon, deux ou trois fois par semaine, pour le tenir au courant des affaires et lui faire comprendre qu'elle était son dernier rempart contre l'oubli.

Sa démarche dandinante de sexagénaire obèse l'obligeait à peiner au moins dix minutes entre son magasin « Fruits et Légumes » et la grille d'entrée du cimetière. Elle les occupait à lorgner les façades grises des immeubles de la rue des Arcs-Saint-Cyprien, à détailler l'allure et le vêtement des piétons qu'elle rencontrait, et d'une manière générale à philosopher sur le déclin de ce quartier de Toulouse. Depuis des années, elle n'avait plus passé la Garonne pour aller dans le centre-ville, que ses rares clients prétendaient embelli de mois en mois. Pour elle, de ce côté-ci du pont Saint-Michel, le paysage était triste, les trottoirs poussiéreux, les voitures conduites par des assassins et les habitants du quartier, qu'elle connaissait tous à la longue, des gens sans envergure, trop nécessiteux pour payer comptant une livre de pêches.

Ce jour-là, comme elle allait atteindre la grille d'entrée de Rapas, alors qu'elle secouait prudemment ses cosmos alanguis, espérant leur redonner assez d'allure pour être présentés à Anselmo, elle fut sur le point d'annuler sa visite et de traverser la rue sans prendre garde. Le couple qui marchait vivement, bras dessus bras dessous, sur le trottoir d'en face, était justement de ceux dont la « petite note » atteignait une somme à quatre chiffres dont elle avait réclamé deux ou trois fois le paiement.

— Calculez donc en nouveaux francs, madame Hernandez, avait dit en blaguant ce garçon à l'air brutal, vous verrez que nous ne vous devons pas grand-chose !

Elle avait insisté. Il avait promis de payer la prochaine fois. Et il n'y avait pas eu de prochaine fois. Ils avaient disparu depuis trois semaines. Tous les deux, l'homme aux cheveux noirs plantés bas comme une casquette et sa compagne blonde qui se donnait des airs et qui avait bien dix ans de plus que son homme. « Une poule », avait décrété madame Hernandez.

Piquée devant le cimetière, elle vit ses clients à éclipse pousser la porte d'un immeuble et disparaître. Au moins saurait-elle où les retrouver s'ils ne venaient pas à sa boutique. Elle soupira parce que les lanières de ses sandales lui faisaient mal. « Vous demande un peu, grommela-t-elle, s'offrir trois semaines de vacances quand on doit de l'argent partout ! » Aujourd'hui, elle aurait quelque chose à raconter à Anselmo.

— Alors, dis-moi. Voilà trois jours que je me morfonds ici à me demander si tout va bien de ton côté, et monsieur arrive frais comme l'œil avec le sourire. Depuis que tu es arrivé à Matabiau, tu ne m'as pas dit un mot de ce que tu as fait là-bas.

Bras croisés, dans sa robe à fleurs mauves fripée, la femme blonde s'énervait de la placidité de Paulo. Il faisait sombre dans les deux pièces étroites de l'appartement ; ce matin, avant d'aller à la gare, la femme avait baissé les jalousies pour conserver un minimum de fraîcheur. Sitôt entré, l'homme avait jeté sur la table une valise en carton flambant neuve, avait arraché sa chemise trempée de sueur et s'était allongé sur le couvre-lit de coton blanc. C'était visiblement sa posture préférée.

— Ma chère Edith, cracha-t-il, aimable comme un dogue, je te conseille de ne pas me tanner. Trois heures de tortillard pour venir de Villefranche, il y a de quoi éreinter un homme. Pour le reste, même si ça n'a pas marché exactement comme nous l'avions programmé, je peux t'affirmer que le scénario se déroule favorablement. A l'heure actuelle, nos amis de la police rament dans tous les sens. Peut-être que les fiestas du 14 Juillet vont un peu étouffer les nouvelles dans les journaux, mais dans trois ou quatre jours ils vont décortiquer cette histoire pour meubler leurs colonnes. Donne-leur encore le mois d'août, et je t'assure qu'ils viendront te chercher avec une limousine. Ensuite ce sera à toi de jouer. Nous devons tenir encore cinq semaines, et adieu le quartier Saint-Cyprien, adieu Toulouse. Vive Nice, ou Paris.

Il accorda un coup d'œil dégoûté au papier marron des murs, à la toile cirée qui se boursouflait sous sa valise, à l'armoire passe-partout dont la glace s'ornait de tavelures ineffaçables ; au pied du lit, la grille de tubes cuivrés, privée d'une de ses boules, avait l'air d'une mâchoire de boxeur ; il connaissait toutes les taches qui marbraient le tapis de laine beige, dont les coins gansés rebiquaient avec la ténacité d'une affiche qui se décolle.

— Seigneur, dit-il encore en bâillant, je ne regretterai pas cette turne !

La femme blonde, que Paulo avait appelée Edith, était toujours dressée, au coin de l'armoire. Elle regardait avec froideur le corps étalé qui chiffonnait son dessus-de-lit. Depuis qu'elle était revenue seule de Villefranche, trois jours auparavant, elle n'arrêtait pas de se demander si elle avait eu raison de s'embarquer avec Paulo dans cette histoire dont l'issue était si problématique. Que savait-elle de ce garçon qui l'avait séduite quatre mois plus tôt parce qu'il était client du salon de coiffure où elle travaillait, parce qu'il était alors habillé comme un monsieur, parce qu'il parlait bien et qu'il n'avait pas l'air de manquer d'argent ? Il prétendait avoir été un boxeur connu, sur le point de disputer un championnat de France; il avait dû abandonner le sport à la suite d'une blessure.

Elle était moins certaine à présent que cette histoire fût vraie. Ses trois jours de réflexion l'avaient amenée à douter de tout. D'abord du sentiment que Paulo disait éprouver à son égard. Passé les premières semaines, alors qu'elle croyait sentir leur passion se refroidir, elle avait reçu une lettre qui avait traîné dans d'innombrables bureaux de poste, à en croire les surcharges et les biffures de l'adresse. Honnêtement, elle se demandait maintenant si elle n'avait pas fait lire cette lettre à son amant trop calme pour raviver son intérêt. De fait, elle ne se souvenait plus qui, d'elle ou de Paulo, après cette lecture, avait eu l'idée de départ. Des soirs et des soirs ils avaient brodé toute une tapisserie autour de leur intrigue. C'était comme un jeu, où l'un soulevait un problème auquel l'autre tentait d'apporter une solution. Ils s'en amusaient même dans le noir, entre leurs étreintes. Et puis, peu à peu, tout étonnés après d'innombrables répétitions d'avoir construit un scénario solide, ils s'étaient encouragés à passer aux actes.

Aujourd'hui, il était trop tard pour revenir en arrière. Même si Paulo déraillait parfois, elle savait qu'il ne pouvait se permettre d'oublier qu'elle était le chef de train. Il venait implicitement de le reconnaître en disant : « Ce sera à toi de jouer ! » Elle pourrait éventuellement jouer sans lui, se promit-elle froidement, s'il donnait le moindre signe d'infidélité.

— Pourquoi n'es-tu pas rentré hier comme prévu ? demanda-t-elle, la voix sèche. Téléphoner au salon pour me prévenir que tu n'arrivais qu'aujourd'hui était imprudent.

— Il restait un détail à régler, répondit-il, en croisant les bras sous sa tête. Une astuce que je te raconterai si tu es sage et aimable. De quoi donner une touche élégante au dernier morceau que j'ai exécuté. Demain, avec les cérémonies en tous genres, les flics et les gendarmes de Villefranche auront assez d'occupations pour ne pas passer beaucoup de temps sur notre affaire. Et après-demain, ils découvriront, grâce à moi, une explication évidente à leurs problèmes.

— Je m'inquiète quand même, s'entêta Edith. Peut-être aurions-nous dû traiter un chapitre après l'autre, au lieu de dérouler la pièce sans entracte.

Malgré la conscience de sa supériorité de jeune mâle, Paulo devait admettre que cette femme le surprenait ; aucune morale, aucun sentiment d'affection, aucun remords ne la freinait. Il était certain que s'il lui avouait tout à trac tous les additifs qu'il avait apportés à leur plan, elle s'en accommoderait sans une larme.

6

Depuis qu'il avait été affecté à la brigade de Villefranche, c'était le premier 14 Juillet que Joseph Combes pouvait passer dans l'oisiveté. Il avait l'impression d'être déjà à la retraite. Pas d'uniforme repassé, toutes décorations dehors, pas d'officiels à écharpe tricolore ni de porte-drapeaux d'anciens combattants à canaliser et à accompagner au pied d'un monument aux morts; c'était Ronsard qui le remplaçait partout, qui avait été chargé de vérifier les mesures de sécurité pour le feu d'artifice de la soirée, qui devait surveiller les préparatifs des bals publics sur la place Notre-Dame et la promenade du Guiraudet.

Tout l'effectif de la brigade était mobilisé, pour faire nombre dans les rues ou patrouiller aux entrées de la ville, et contraindre les fêtards venus d'ailleurs à parquer leurs véhicules sans embouteiller le parcours du défilé. Un piquet de quatre hommes, en alerte immédiate, devait assurer une permanence jusqu'à la nuit, prêt à intervenir au moindre appel.

Le gendarme Berthier lui-même, que ses camarades avaient surnommé « Une Gaule » parce qu'il avait perpétuellement un bras en l'air alors que le Général en avait deux, avait obtenu du chef Ronsard d'être planton au téléphone.

Seul Combes n'avait strictement rien à faire. La perspective de longues heures dans son fauteuil de pseudo-invalide l'avait d'autant plus déprimé que la journée serait évidemment perdue pour l'enquête sur l'affaire Caretoux. Autre sujet de mécontentement, monsieur Massac traînait les pieds. L'avant-veille, dans le bureau du juge, l'adjudant avait trouvé quelques invités dont la présence l'avait surpris. Pourquoi, outre Monluc, l'inspecteur d'académie était-il venu de Rodez? Pourquoi le maire de Villefranche était-il là, donnant l'impression qu'il entendait maîtriser ce qu'il appelait « les suites médiatiques de cet accident regrettable »? Combes n'avait pas eu à discuter longtemps pour que le dossier Caretoux soit confié à la gendarmerie nationale plutôt qu'au commissaire Weber. Celui-ci, en quelques phrases agressives, avait indisposé tout le monde. Personne n'avait voulu trancher entre suicide et meurtre, remettant au lendemain de la fête les recherches sérieuses.

— Si le mort était un de vos fils, avait ricané

Weber à l'adresse du maire, tout Villefranche serait sur le pied de guerre.

L'adjudant avait, à part lui, salué le courage du commissaire, persuadé que cette apostrophe lui vaudrait une mutation infamante. Mais les officiels étaient restés intransigeants : tout le personnel de sécurité avait d'autre pain sur la planche jusqu'au 15 juillet. Alors, mais alors seulement, le juge étudierait l'opportunité d'ouvrir, ou non, la lettre trouvée dans l'armoire de la victime. Quant aux résultats de l'autopsie, ils seraient transmis à la même date à la gendarmerie.

Peu désireux d'être traité comme le policier, et de se voir interdire de mettre son nez dans les recherches, Combes avait assisté profil bas à cette réunion de barrage. A la sortie du bureau de Massac, Ronsard s'était étonné de son silence, à propos du foie gras, à propos de la fausse clef des internes et des confessions de Vergelas. Il s'était fait rabrouer vertement. D'une phrase qui lui avait paru obscure :

— Si vous étiez père de famille, vous sauriez que les enfants intelligents n'insistent pas quand les parents ferment à clef l'armoire des jouets. Ils filent s'amuser discrètement hors de la vue des adultes. Comme on dit dans le pays : « *Macarel*, je suis pas plus couillon que mon fils ! »

Au moment où son adjoint l'avait aidé, devant sa porte, à débarquer de la 203, l'adjudant était moins énervé.

— Rien de changé pour vous et la brigade. Demain ne sera pas une journée de repos. Moi, je crois que je vais aller en famille faire un tour à la campagne. J'ai besoin de prendre l'air. Je vais jouer à un jeu personnel, loin des censeurs.

Il n'avait eu aucun mal à convaincre Claire que cette sortie serait bénéfique pour toute la famille. Depuis qu'il gaspillait la plus grande partie de ses journées dans son fauteuil, elle était devenue irritable, le traitant avec un excès d'attentions bougonnes comme s'il était atteint d'une maladie incurable, brusquant Robert et Thi-Ba dont les chamailleries et les allées et venues troublaient, disait-elle, le repos de « papa ».

Quand il avait proposé d'aller passer ce jour de fête générale loin de l'agitation de Villefranche, et annoncé un déjeuner dans une auberge de campagne, Claire avait applaudi avec un enthousiasme qui en disait long sur la contrainte qu'elle s'était imposée depuis dix jours. La vieille 2 CV ronflait avec bonne volonté. Sa femme au volant, les enfants excités à l'arrière, ses cannes sur les genoux, Combes, en chemisette blanche, col ouvert, le coude à la portière, se sentait en vacances. Pour satisfaire son goût de la provocation, il avait fixé à Claire un itinéraire qu'il savait être celui des diverses manifestations officielles. Comme il l'avait prévu, à chaque barrage de police, les préposés au service d'ordre réagissaient en deux temps : d'abord, un bras levé pour interdire le passage à ce véhicule sans prestige ; puis, quand il s'était fait reconnaître, un salut d'excuse, main au képi, assorti, selon que le cerbère dépendait du commissariat ou de la brigade, d'un « Faites vite, mon adjudant » ou d'un « Vous avez bien de la chance, bonne journée ».

Il était un peu plus de neuf heures du matin. La foule attendue sur les trottoirs n'était encore constituée que de minuscules attroupements, quelques anciens combattants en avance sur l'horaire, qui s'apostrophaient gaillardement, à grand renfort de claques dans le dos, de « Mille-dieux ! » satisfaits et d'invitations à aller boire un petit coup avant que ça commence !

Au passage, devant le mur bas du collège, alors que la 2 CV embouquait le cours de Gaulle, Combes remarqua qu'aucun drapeau tricolore n'ornait les écussons *ad hoc*, de part et d'autre du porche de la conciergerie. Il se demanda, sans beaucoup s'étonner de cette absence, si le principal l'avait décidée par respect pour son mort, ou si Vergelas avait choisi de braver les autorités en refusant de pavoiser. Il se contenta de signaler à Claire :

— Regarde, le concierge Jambe-de-Bois a fait la grève des drapeaux. Le maire et le sous-préfet vont dire deux mots au père Monluc !

Ils arrivaient déjà à l'entrée du large mail du

Guiraudet, et le nombre des spectateurs contenus derrière les barrières augmentait; sans doute étaient-ils attirés par le ciel léger au-dessus des platanes de la promenade. Toutes les professions étaient représentées, des fonctionnaires qui s'étaient crus obligés de se cravater et de porter le veston, en dignes membres d'une administration, aux commerçants en bras de chemise et pantalons de toile, qui avaient confié leur magasin à la garde d'une vieille parente podagre. La majorité d'entre eux avaient entraîné tout ou partie de leur famille pour profiter du beau temps et pour raviver un sens civique que les aînés jugeaient de plus en plus défaillant chez leurs descendants. L'ambiance de fête et le soleil encourageaient les regroupements entre les citadins, qui se connaissaient au moins de vue pour la plupart, et quelques commandos de villageois endimanchés, venus des bourgades proches pour faire honneur au pépé, qui devait défiler jusqu'au monument aux morts, et pour le ramener après les vins d'honneur.

Deux agents de police, compassés comme des *horse guards* devant Buckingham, venaient, d'un geste énervé, d'inviter ce véhicule incongru à dégager la chaussée désertée, pour laisser la place au cortège, qu'on n'attendait pas avant onze heures.

Claire tendit le bras pour signaler qu'elle souhaitait tourner à gauche; ignorant superbement la main agitée qui lui interdisait ce manquement à la consigne, elle vira avec autorité sous le nez des deux sbires et s'éloigna en direction de la promenade Saint-Jean, le long du quai bordant l'Aveyron.

— Doucement, s'il te plaît, dit son mari gaiement, en se frottant le coude, heurté par la vitre rabattue par la soudaineté de la manœuvre.

Sur le vieux pont en arc brisé qui prolonge l'étroite rue de la République, une vingtaine de jeunes gens salua de hurlements appréciatifs cette 2 CV qui jouait les limousines officielles.

— Papa, demanda de derrière la voix curieuse de Robert, est-ce qu'on va voir le défilé des soldats ?

— Tu sais bien qu'il n'y a pas de soldats à Villefranche, expliqua paisiblement l'adjudant. En fait de défilé, il n'y aura que le sous-préfet, le maire et le conseil municipal, les enfants des écoles, la fanfare, les anciens combattants de 14-18, ceux de 39-45, ceux d'Indochine et d'Algérie, et tes amis les pompiers avec leurs deux camions rouges.

— Je veux voir les pompiers, décida Thi-Ba.

— Ça m'étonnerait qu'ils nous suivent au Farrou, dit joyeusement Claire en franchissant le barrage qui interdisait le débouché de la route sinueuse et ombragée du bord de l'Alzou. A moins, ajouta-t-elle, que ton père ne décide de mettre le feu là où nous allons.

Elle avait choisi de conduire à allure de promenade. Comme s'ils avaient fermé une porte derrière eux, après le tohu-bohu de la ville en attente de fête, le silence de cette petite route de vallée, bordée de collines abruptes et de bois, qui nappaient la rivière, les transportait d'un coup dans un autre monde.

Ils ne croisèrent personne. Les seuls signes de vie étaient le ronronnement de leur moteur et les jeux d'ombre et de soleil à travers les feuilles hautes des peupliers.

Sur son siège élastique, dont les balancements le faisaient flotter à chaque virage, Joseph Combes avait fermé les yeux.

— Souffres-tu? s'inquiéta sa femme.

— Non, dit-il. Je fais seulement défiler dans ma tête quelques hypothèses qui ne marchent pas en cadence. J'aimerais bien trouver dans quel sens il faut tirer le fil.

Depuis qu'il s'était réveillé à l'hôpital, depuis surtout qu'il avait comparé ses impressions sur l'accident avec celles de Berthier, il ne pouvait se défaire de l'idée qu'ils avaient été volontairement heurtés par ce couple dont ils avaient gardé l'image. Claire et Ronsard avaient eu beau lui représenter qu'un tel attentat était hautement improbable, il n'abandonnait pas ses cogitations. Peu à peu, il s'était persuadé que le coup de téléphone signalant la présence d'un cadavre à Toulonjac, qui avait été dûment mentionné sur le cahier de permanence de la brigade, était un piège destiné à l'attirer sur la route menant à l'aéroclub. Restait évidemment à trouver d'où cet appel était parti, et qui l'avait lancé. Ronsard et ses limiers n'avaient aucun départ de piste, mais il se croyait plus malin.

La mort du jeune Caretoux, dont le père habitait à Toulonjac, lui fournissait un prétexte pour aller traîner ses guêtres autour du hangar, sans paraître entêté de vengeance. Il pourrait innocemment mener les deux enquêtes de front. Que le père du pseudo-suicidé fût absent pour quelques jours encore lui permettrait même de réserver ses questions les plus pointues à se renseigner sur l'origine du coup de fil traquenard.

A peine avait-il avoué à Claire, en lui dévoilant le but réel de leur promenade, le chemin tortueux de ses réflexions. Quand il avait prétendu chercher quelques renseignements sur le père Caretoux, elle avait fait mine de le croire. Après une heure de baignade des enfants dans l'Alzou et un solide déjeuner à l'auberge du Farrou, elle avait piloté la 2 CV avec maestria sur les petites routes de campagne ensoleillées qui s'éloignaient de la frange du causse pour rejoindre la route de Caussade et de Montauban. Moins de dix kilomètres, au milieu des damiers de blés et de seigles bientôt prêts à la moisson, de maïs hauts sur tige, de soleils éclatants d'or. Le relief adouci était découpé par les lignes denses des petits chênes vert sombre, enchâssant quelques maisons basses en pierres rustiques et couvertes de lauzes grises. Parfois, un toit de tuiles mécaniques, d'un orange soutenu, indiquait qu'on était sur la frontière entre la campagne âpre et caillouteuse qui s'étendait jusqu'à Figeac et plus loin au Quercy, et le voisinage d'une ville qui cherchait à s'agrandir. Ils arrivaient à Toulonjac.

— Comment comptes-tu trouver quelqu'un qui puisse te renseigner? demanda Claire, d'un air détaché qui ne trompa pas Joseph.

— Allons directement à la piste d'aviation, dit-il. C'est fléché.

Elle l'amena au pied du hangar vétuste, sans plus desserrer les dents. Accolée au demi-cylindre de tôle autrefois peint en gris souris, une construction basse de six mètres de côté, mi-ciment crépi, mi-planches ripolinées, devait être le bureau du club. Devant le hangar dont les portes béaient, un petit avion monoplan, dont le nez était recouvert d'une bâche, s'arc-boutait sur la piste d'herbe rase, train d'atterrissage en V renversé comme deux pattes trapues.

Robert et Thi-Ba couraient déjà autour de la trapanelle en poussant des cris ravis. Aidé par sa femme, Combes s'extirpait avec peine de son siège quand une voix le héla, de la porte de la baraque bureau :

— Pute borgne! Z'avez pas lu les journaux? Pas

de baptêmes de l'air aujourd'hui ! Le moteur du zinc est démonté. En attente de pièces.

L'homme qui venait vers les visiteurs, en criant comme s'il avait été dérangé dans sa sieste, n'avait ni la dégaine ni le regard d'un aviateur, toujours un peu flou et ouvert sur d'autres espaces. Celui-là était, à le voir et à l'entendre, un brave ours de campagne, qui défendait son territoire. Il s'arrêta à deux mètres du couple des gêneurs, le regarda de la tête aux pieds et gratta l'échancrure de son maillot de corps d'une main paresseuse.

— *A bisto dé nas* [1], grailla-t-il avec malice, votre moteur personnel est démonté, lui aussi. Vos roulettes d'atterrissage m'ont l'air un peu faiblardes !

A l'étonnement de Claire, Combes n'explosa pas. Il affecta même de goûter la plaisanterie, et de mettre calmement les choses au point.

— Nous ne venons pas pour un baptême de l'air. Je suis gendarme à Villefranche. En permission de convalescence. J'espérais rencontrer monsieur Caretoux.

— Le feignant ? Z'avez pas de chance, dites-donc. Il est parti voilà plus de trois semaines, « pour régler des histoires de famille » qu'il a écrit à monsieur Morel. Sans préavis ni rien. Même que le patron, qui devait décoller avec un client pour Montauban, il a juste eu le temps de me prévenir pour que je garde la boutique.

1. A vue de nez.

— Où puis-je voir monsieur Morel ? Est-il toujours à Montauban ?

L'ours releva ses sourcils broussailleux, comme s'il se demandait si l'éclopé était aussi ignorant de la gestion d'un aéroclub que sa question le laissait croire. Ses petits yeux noirs parurent hésiter à admettre la possibilité d'une mise en boîte.

— Monsieur Morel, dit-il, avec un ton à la limite de l'impatience, c'est le pilote et le patron. C'est bien rare qu'il s'absente pour plus de la journée, même quand il va participer à des métinges à Toulouse ou à Bordeaux. Aujourd'hui, si je suis de garde, c'est parce qu'il est allé déjeuner chez sa fille, à Villefranche. Vu que l'avion est en panne, y avait pas de raison qu'il reste là. Ses pièces risquaient pas d'arriver un 14 Juillet !

— Si je comprends bien, dit posément l'adjudant, vous êtes trois personnes à poste fixe à Toulonjac pour faire marcher le club, Morel, Caretoux et vous ? Quel est votre nom ?

— Navailhac, Auguste Navailhac. Ouais. On habite tous les trois, presque en voisins, dans le village là-bas.

De la main, Navailhac désignait quelques maisons, cinquante mètres environ au-delà du hangar. Plus loin, à demi caché par une végétation rabougrie, le village, identifiable à ses toits de tuiles, s'étalait dans une brume de chaleur.

— Peut-on rejoindre la route de Villefranche facilement d'ici ?

— Même *oun aucon*[1] vous la trouverait. A gauche après le bureau, puis tout droit sur ces trois maisonnettes. Vous longez la première et vous arrivez sur votre route. Surtout, allez pas vous tromper et continuer jusqu'à la troisième baraque. C'est justement celle de votre Caretoux. Je sais pas ce qu'il a laissé comme ordures, cet animal, mais c'est devenu un vrai rassemblement de corneilles, par chez lui. Feraient peur à vos gosses, ces oiseaux. Un de ces jours, j'irai leur foutre un coup de fusil !

— Merci, dit Combes, en adressant un regard à Claire pour lui demander de rameuter les enfants. Négligemment, en commençant à s'introduire dans la 2 CV, qui avait profité de son arrêt au soleil pour se changer en four, il posa enfin une question qu'il avait jusque-là retenue :

— Si je veux rencontrer monsieur Morel, j'imagine que je peux lui téléphoner ici ? Il y a bien un téléphone dans votre bureau ?

— Ma foi, convint Navailhac, y en a un, mais c'est seulement le patron qui s'en sert. Autrement il est fermé à clef. Remarquez, ça me gêne pas. J'ai personne à appeler.

Les mains plongées dans les poches d'un pantalon informe et taché d'huile, guère plus souriant qu'au début de leur visite, l'ours regarda d'un œil pesant la cérémonie de l'embarquement des

1. Un demeuré.

enfants, puis de Claire. Elle était consciente, brusquement, que sa jolie robe d'été était trop légère pour supporter pareil regard. Son démarrage en fut heurté.

Goguenard, le gardien leva le nez vers le petit nuage de poussière qui gagnait les premières maisons du village. Se demandant pourquoi, mille-dieux, un gendarme en civil était venu voir cette bourrique de Caretoux. A la réflexion, il se dit qu'il s'en moquait. Il rentra dans le bureau. A l'intérieur, la glacière où rafraîchissait une bouteille de vin rosé n'était pas fermée à clef comme le téléphone.

— Ne tourne pas à la première villa, glissa rapidement Combes à sa femme. Suis le chemin qui borde l'arrière des jardins.

Chacune des trois maisonnettes offrait, côté piste d'envol, une façade de crépi beige, représentative d'un mauvais goût qui ignorait superbement le style rouergat traditionnel. Bâties à une trentaine de mètres les unes des autres et sur le même modèle, elles devaient toutes les trois regarder vers le village car les murs devant lesquels défilait la 2 CV n'étaient percés que d'une fenêtre étroite, correspondant à une salle d'eau, et d'une porte vitrée, sans doute celle de la cuisine. Aucune barrière ne séparait le chemin de terre inégal qu'ils suivaient des jardins à peu près abandonnés où séchaient quelques arbustes moribonds et de vieilles planches de légumes encombrées de fanes jaunies.

— Les propriétaires ne se soucient pas beaucoup de leur parc, ricana Claire à son volant. Ce sont les gens de l'aéroclub?

— Non, je ne crois pas. Le nommé Morel et le butor que nous venons de voir habitent dans le village, plus loin. Seul notre ami Caretoux vit ici; dans la troisième villa. Tu t'arrêteras à hauteur de ce tas de bûches qui marque son domaine. Je vais profiter de son absence pour renifler un peu pendant que tu feras demi-tour.

Le moteur ronronnait trop fort, les freins grincèrent bruyamment. De quoi troubler la paix silencieuse de cet après-midi de juillet. Juste de quoi faire lever un tumulte de démons noirs, une centaine de corneilles craillantes qui jaillirent du bûcher à grands battements d'ailes.

— Enferme-toi dans la voiture avec les enfants, hurla Combes, s'extirpant de son siège en oubliant presque ses côtes et son plâtre.

Il claqua la portière, grimaça de douleur et se défendit, à violents moulinets de canne anglaise, des piqués menaçants des oiseaux au-dessus de sa tête. Derrière les vitres, il voyait Robert et Thi-Ba terrorisés par les coups d'ailes et de becs sur la carrosserie et le toit de toile. Les yeux écarquillés de Claire, qui triturait son levier de vitesse à la recherche de la marche arrière, rencontrèrent les siens comme pour demander un conseil. Afin de lui rendre confiance, il se força à sourire et leva un pouce appréciateur. Dans un bond à faire refuser le permis à un candidat conducteur, la 2 CV recula enfin, et continua sur sa lancée jusqu'à la maison précédente. Les corneilles abandonnèrent cette proie et se concentrèrent sur cette silhouette gesticulante au sol. Après quelques voltes, elles prirent de la hauteur et organisèrent la surveillance, cacophonie grinçante de guerrières énervées.

Combes tourna le dos au chemin et entreprit de clopiner jusqu'au tas de bois de Caretoux. Il était furieux. Contre les corneilles et contre ce qu'il était sûr de découvrir au milieu des bûches. Contre cet imbécile de gardien qui avait remarqué les oiseaux et ne s'était pas inquiété de la puanteur de cette « saloperie » laissée par Caretoux.

Quand, après s'être penché, deux minutes à peine, sur les restes du festin des corneilles, il retourna sur le sentier pour appeler Claire de la main, il avait ajouté à la liste de ses bêtes noires ce bon à rien de Ronsard, qui avait bâclé son enquête à Toulonjac. La voiture était revenue à sa hauteur. Vitre relevée, Claire le regarda, effrayée de la tension qui crispait ses mâchoires et lui faisait un visage de cire.

— La fête est finie, dit-il seulement. Rentre à la maison avec les enfants. Si tu trouves un bistrot ouvert en route, téléphone de ma part à la brigade.

— Pour leur dire quoi ?

— Qu'il y a un cadavre dans ce jardin. Et qu'à voir l'état dans lequel il est, c'est celui que nous étions venus chercher, Berthier et moi, il y a plus de trois semaines.

Il était presque neuf heures du soir. Combes était rentré chez lui bien avant l'heure du dîner. Lorsque le gendarme Matral était arrivé à Toulonjac avec le piquet d'alerte, il avait expliqué l'absence du chef par une convocation urgente dont il ignorait la provenance. Il était suffisamment expérimenté pour qu'on pût lui faire confiance pour démarrer l'enquête sur place. Combes se sentait moulu et vidé de toute son énergie. Il n'avait pas refusé la proposition de Matral de le faire raccompagner à Villefranche avec la camionnette du piquet. Il s'était contenté d'ordonner :

— Quelle que soit l'heure à laquelle vous rentrerez ce soir, venez me rendre compte des premières constatations. Et si vous voyez le chef Ronsard, envoyez-le-moi.

Les enfants étaient couchés, fatigués eux aussi de leur journée de plein air. Claire, qui avait deviné son humeur, n'avait pas cherché à combattre son manque d'appétit. Résolument silencieuse, elle affectait de lire une revue, sur le fauteuil en face du sien, mais les fréquents coups d'œil qu'elle lui jetait à la dérobée achevaient de porter Combes à l'incandescence.

— Alors, explosa-t-il, vas-y, pose tes questions !

— Je n'ai rien dit !

— C'est pire ! Tu veux savoir qui est ce mort ? Qui l'a tué ? Pourquoi ? Pourquoi personne ne l'a trouvé plus tôt ? Moi aussi, figure-toi, je me pose les mêmes questions ! Il faut se montrer patient, voilà tout.

Elle se retint de pouffer de rire, mais si maladroitement qu'il prit conscience de son ridicule.

— Bon ! Je sais que je suis mal placé pour enseigner la patience, mais avoue que cette brigade s'endort, dès que je ne suis plus là pour la secouer !

Un coup de sonnette prolongé, à la porte d'entrée, interrompit net cette diatribe. Claire s'était déjà précipitée dans leur minuscule vestibule. Il entendit, du salon, un échange de phrases rapides ; à ce qu'il crut comprendre, sa femme recommandait à l'arrivant de ne pas heurter de front la mauvaise humeur du fauve enfermé, et l'autre répondait que « mauvaise humeur ou pas, cette magnifique journée ne pouvait se terminer sans un dernier accrochage ».

Que le patient et respectueux Ronsard se permît une arrivée aussi fracassante amusa Combes si vivement qu'il en oublia sa colère impatiente.

— Venez donc vous asseoir, chef, dit-il à voix assez forte pour être entendue de l'entrée.

Le grand adjoint gourmé salua réglementairement avant d'enlever son képi.

— Asseyez-vous, répéta Combes. Vous avez l'air fatigué, Claire va nous servir quelque chose à boire.

De vrai, Ronsard avait les traits tirés et le regard vague, comme s'il avait dû supporter assez de spectacles déprimants en ce jour de fête.

— Je suis seulement venu vous rendre compte, dit-il avec froideur, képi sous le coude. Premièrement, en ce qui concerne « votre » cadavre, j'ai fait ramener ce qui en restait à la morgue de l'hôpital, après l'avoir fait photographier sous tous les angles, et j'ai posé des scellés sur la villa de monsieur Caretoux, que je me propose d'aller visiter demain matin. Deux gendarmes iront en embuscade pendant la deuxième partie de la nuit à proximité de ce bûcher; le rodéo de cet après-midi pourrait avoir incité quelqu'un à y venir voir.

— Correct, apprécia Combes, qui avait tout de même tiqué en entendant parler de « son » cadavre.

— Deuxièmement, continuait le chef impavide, je n'ai pas voulu rester inactif pendant que vous vous amusiez. Grâce au juge d'instruction qui a bien été obligé de me prévenir, et à monsieur Monluc qui l'a découvert à la suite d'une histoire de drapeaux non accrochés, j'ai également un mort sur les bras. Votre ami Vergelas, le concierge du collège, s'est pendu dans sa loge. Vraisemblablement avant-hier soir. Je l'ai fait décrocher pour le confier lui aussi à un médecin légiste.

Combes s'était tassé dans son fauteuil.

— C'est une hécatombe, dit-il à voix basse.

Depuis qu'il avait débité son compte rendu à surprise, Ronsard avait perdu son air égaré et mécontent. Il était seulement lugubre.

— Je dois dire que commencer mon service à Villefranche par trois décès louches en un mois à peine, je ne m'y attendais pas !

Son adjudant se redressa et le regarda en souriant. Plus amical qu'il ne l'avait encore été avec ce nouveau subordonné.

— A ce rythme-là, plaisanta-t-il, vous allez dépeupler l'arrondissement.

— Maintenant, dit le chef en s'asseyant enfin, j'admets que je boirais bien quelque chose. De fort.

II

7

— Pour moi, dit le juge Massac d'un ton ferme, vos arguments de soi-disant techniciens ne font que compliquer les choses. Je ne veux pas parler pour le moment de ce qui s'est passé à Toulonjac, mais les deux affaires du collège paraissent claires comme de l'eau de roche. Ce sont évidemment deux suicides, parfaitement expliqués par les deux messages trouvés près des cadavres. Relisez-les calmement.

Réunis dans le bureau austère, dont Massac avait provisoirement interdit l'accès à son greffier et au petit personnel, Combes, la tête pensante, et Ronsard, le bras armé, faisaient front commun contre le raisonnement « simpliste » de la hiérarchie.

Combes tendit le bras et prit sur le bureau la fameuse lettre adressée à son père par Roger Caretoux. Ouverte depuis une demi-heure, parcourue par les trois hommes, elle avait fait frémir le juge d'inquiétude, à la perspective de ce qu'en ferait la presse.

« Mon pauvre papa, lut à voix haute l'adjudant, c'est dommage que tu puisses pas venir me chercher. Je te demande pardon mais je peux plus suporter le vieux concierge, qui vient me voir le soir au dortoir et me force à faire des choses sales. Personne voudra me croire, alors je m'en vais. »

Combes hocha la tête, comme s'il appréciait la qualité du silence, puis il reposa le papier sur la table de travail de Massac. Il ne montrait aucune émotion particulière, à en croire la moue qui accompagnait son geste. Une telle insensibilité révolta le juge.

— Enfin! Rendez-vous compte de ce qu'a enduré...

L'adjudant leva une main autoritaire.

— Monsieur le juge, interrompit-il d'une voix sentencieuse, qui dut paraître exaspérante au magistrat, nos sentiments n'ont rien à voir dans l'histoire. Je me permets de vous rappeler que si vous aviez accepté d'ouvrir cette lettre quand elle a été trouvée dans l'armoire du garçon, le concierge ne serait pas mort. Ronsard, lisez donc à votre tour le billet que vous avez découvert chez lui, hier soir.

Dans cette pièce confinée, l'absence d'accent du chef était particulièrement sensible, et donnait à sa lecture la platitude d'une récitation scolaire.

« Depuis que j'ai vu le corps de Roger Caretoux

dans la cour, je ne suporte plus l'idée qu'il s'est tué à cause de moi. Pardonnez-moi. »

Ronsard cessa d'ânonner et tourna la tête vers le plafond, comme s'il attendait une aide du ciel, ou un commentaire. Celui qui tonna dans le bureau n'avait rien de céleste. Déclarée ou seulement affichée, la mauvaise foi des gendarmes ulcérait monsieur Massac. D'autant plus qu'il sentait, viscéralement, que sa propre version, résumée à deux suicides, allait s'effondrer sous les arguments de ses enquêteurs. Il tenta une dernière défense de ses positions :

— Bon Dieu ! qu'est-ce qu'il vous faut de plus ! Le gosse accuse nommément le concierge et celui-ci reconnaît être la cause du suicide ! C'est clair et net ! Vous ne pouvez rien changer aux faits !

— Sauf, dit benoîtement Combes du fond de son fauteuil d'invalide, que les faits sont déjà tellement maquillés que personne de sensé ne peut y croire ; sans doute, si vous insistez, recevrez-vous bientôt le rapport d'autopsie concernant le premier mort. Vous verrez qu'il corroborera notre opinion : ce cadavre n'est pas tombé de dix mètres sur le dos, sur du ciment. Donc il doit avoir été assommé. Quant au deuxième mort, quelque chose ne colle pas : j'ai parlé longuement avec le vieux Vergelas quelques heures à peine après sa découverte du corps du garçon ; il était horrifié mais absolument pas bourrelé de remords, au point de se suicider le soir même ou le lendemain matin. J'ajoute que nul auparavant ne s'est jamais plaint de son comportement vis-à-vis des élèves.

— Ce sont des impressions personnelles, Combes.

— Très bien. Voulez-vous examiner les deux lettres que nous venons de lire ? Leur écriture est différente, c'est vrai. Il faudrait peut-être les comparer aussi avec des cahiers ou des devoirs du jeune Roger. Je suis prêt à parier que son billet n'est pas de sa main. De plus on n'a trouvé dans son armoire ou ses affaires aucun crayon ou stylo de cette couleur presque violette.

— Il aurait pu le jeter après avoir griffonné sa lettre...

— Par la fenêtre ? Avant de sauter ? Quant au concierge, il faudra bien sûr vérifier que son adieu de coupable est bien de la même écriture que les mentions du registre qu'il tenait dans sa loge.

— Ce ne sont que des arguties, se défendit Massac. Vous savez bien que les experts eux-mêmes se trompent couramment dans ces histoires d'écritures.

Penché en avant, derrière son bureau, la cravate dénouée, un billet dans chaque main, il les regardait l'un après l'autre comme s'ils étaient transparents.

Ronsard, qui était resté silencieux depuis qu'il avait lu les trois lignes de Vergelas, toussota, se leva de sa chaise pour se rapprocher du juge et tendit une main vers les pièces à conviction. Sa voix n'était pas aussi déterminée que celle de son adjudant, mais ce qu'il affirma ruina les derniers espoirs du magistrat.

— Je crois pouvoir affirmer que les deux lettres ont été écrites sur deux feuilles du même papier, qui *a priori* ne se trouve ni dans les fournitures de classe pour les élèves, ni dans le bureau du concierge que j'ai fouillé hier soir de fond en comble. D'où vient ce type de papier ? Et d'où vient que les auteurs, si par hasard ils étaient différents, aient fait la même faute d'orthographe dans le même mot ? Regardez ! Le mot « supporter » est écrit avec un seul *p* !

Le juge se précipita sur les missives étalées et les compara fiévreusement.

— Crénom, souffla-t-il, vous avez découvert ça du premier coup ?

Le chef rosit sous l'apostrophe ; il n'était pas mécontent d'avoir enfin désarçonné l'adversaire.

— Il se trouve que je suis passionné d'orthographe, avoua-t-il avec modestie.

Massac ne voulait pas perdre de temps en félicitations. Il s'excitait, réfléchissant trop vite, construisant hypothèse sur hypothèse. Poliment, les deux gendarmes écoutaient ses élucubrations. Ronsard s'était construit un masque impassible, avec une touche de déférence. Combes, lui, assortissait son attention de froncements de sourcils, d'yeux levés au ciel, de moues et de hochements de tête qui paraissaient conditionner les changements de raisonnement du malheureux juge, mouche se débattant au milieu des impasses d'un labyrinthe.

— Mais alors, si les deux billets sont de la même main, c'est sans doute Vergelas qui en est l'auteur ! Il aura écrit celui du garçon avant de le tuer parce qu'il menaçait de le dénoncer... Non, dans ce cas-là, il n'aurait rien gagné à se dénoncer lui-même. Et pourquoi aller se pendre ? Serait-ce ce damné hypocrite de Monluc ? Il y a longtemps que ce bonhomme me met mal à l'aise. Ce mélange d'autorité et de paternalisme doucereux avec ses internes... Il pourrait parfaitement avoir lui-même abusé du petit Caretoux, et l'avoir supprimé pour l'empêcher de parler, en rejetant par écrit toute la faute sur son concierge. Maintenant, comment a-t-il convaincu celui-ci de se suicider ?

Manifestement, la mouche se heurtait à toutes les vitres des fenêtres fermées. Combes en eut pitié :

— Je ne cherche pas à vous orienter spécialement sur la culpabilité de monsieur Monluc, précisa-t-il tranquillement. Sachez quand même que Vergelas ne s'est pas plus pendu au lustre de sa loge que le jeune Roger n'a sauté de son dortoir. Hier soir, mon adjoint a fait photographier le cadavre au bout de sa corde. Notre spécialiste a développé la pellicule cette nuit. Regardez donc cette épreuve, monsieur le juge : trouvez-vous vraisemblable qu'un unijambiste range soigneusement sa jambe de bois sur un tabouret au pied de son lit, avant d'aller à cloche-pied jusqu'à son gibet de fortune? Et comment, d'une détente de sa seule jambe valide, a-t-il pu sauter sur sa chaise avant de la faire basculer? Je parie mes galons que nous avons là le deuxième faux suicide de l'affaire.

— Etes-vous du même avis?

Après un long silence, Massac cherchait auprès de Ronsard un minimum de consolation. Le chef le lui refusa :

— Je pense que l'adjudant est tout à fait dans le vrai. Monsieur Vergelas a été assassiné!

— Avant que vous n'alliez réfléchir au cas du principal et que vous en fassiez un coupable acceptable, compléta Combes, qui se sentait des fourmis dans les cannes anglaises, je signale qu'il enseigne les humanités au collège, ce qui ne le désigne pas comme l'auteur de la faute d'orthographe signalée par Ronsard. De plus, son âge, son tour de taille et la force physique qu'on peut encore lui attribuer lui interdisaient, à mon avis, de pouvoir soulever le poids inerte du concierge, qui était bâti comme un cuirassier, jusqu'à la hauteur du nœud coulant.

— Alors?

— Alors il faut chercher ailleurs.

Massac digéra cette conclusion avec plus de flegme qu'on en eût attendu après ses tentatives pour simplifier l'affaire. Il prit le temps de resserrer son nœud de cravate, d'enfiler son veston de tweed, qui devait être beaucoup trop chaud pour la saison, et de rectifier de la main l'ordonnance de sa coiffure. Le combat retardateur qu'il venait de mener contre les gendarmes l'avait certainement refroidi, mais il parvenait, assis droit derrière sa table de travail, les avant-bras posés sur les pièces éparpillées du dossier, à donner l'image d'une certaine majesté de la justice.

— Je vais donc officiellement charger la brigade de gendarmerie de Villefranche de l'enquête sur les deux meurtres commis au collège municipal les 12 et 13 juillet.

— Tant que vous êtes lancé, dit l'adjudant en se levant difficilement de son fauteuil, chargez-nous donc conjointement de l'enquête sur le mort que j'ai découvert hier grâce aux corneilles de Toulonjac.

Le juge leva les yeux.

— Bien sûr, vous allez prétendre que les deux affaires sont liées.

— Je pense en effet que trouver un cadavre, fût-il vieux de presque un mois, dans le jardin du père, prétendument absent, d'une des victimes du collège n'est pas une simple coïncidence.

Massac faillit se laisser entraîner à de nouvelles supputations.

— Le père Caretoux serait dans le coup, alors?

Combes arrêta net cet envol.

— Nous n'avons pas encore les moyens de le savoir, dit-il froidement. Il est certain que nous devons en apprendre davantage sur le personnage avant de sauter aux conclusions.

— Tout de même, soupira le magistrat, trois cadavres ! Allons-nous défrayer la chronique avec un tueur en série ? A Villefranche ?

Le visage de son interlocuteur était fermé. Son expression marquait un entêtement et presque une cruauté qui mettaient mal à l'aise.

— Je ne crois pas à un tueur en série organisé, monsieur le juge. Plutôt à un assassin amateur auquel un premier meurtre a créé une cascade de problèmes, qu'il n'a pu résoudre qu'en tuant de nouveau. Ce genre d'assassin est imprévisible, et n'attache aucun prix à la vie de qui le gêne. Je nous souhaite bien du plaisir.

8

Le partage des tâches entre l'adjudant et son adjoint s'était fait d'un commun accord.

Ronsard se chargeait des multiples vérifications, comparaisons, interrogatoires, harcèlements des services concernés et recherches de témoins, qui exigeraient de courir de la morgue au greffe du tribunal, du collège au commissariat et du bureau de contrôle des hôtels et garnis aux magasins d'alimentation de haut standing. En priorité, il devait prouver de façon irréfutable la justesse de la théorie énoncée par Combes à propos des « faux suicides ». Le médecin légiste allait avoir à se prononcer nettement sur les blessures ayant entraîné la mort, sur l'intégrité sexuelle du jeune Caretoux. Peut-être, afin de brider l'imagination du juge d'instruction, le chef aurait-il besoin d'apporter des éclaircissements apaisants sur le passé de monsieur Monluc.

— Allez-y sur la pointe des pieds, avait recommandé l'adjudant.

Pour sa part, Combes avait choisi de s'oxygéner à Toulonjac. Outre qu'il se félicitait que Ronsard eût du goût pour les besogneuses enquêtes de détail, il se sentait obligé de résoudre le premier problème de l'affaire. Cette énigme commençait par l'identification des restes arrachés aux corneilles.

Les deux têtes de la brigade s'étaient entourées chacune de trois gendarmes, un conducteur, un secrétaire-photographe, un musclé destiné aux corvées ou à l'intimidation. Il était convenu que les deux équipes se retrouveraient désormais tous les jours en fin d'après-midi au bureau de la brigade pour comparer leurs résultats et se communiquer leurs trouvailles. Généreusement, Combes avait laissé la 203 flambant neuve à l'équipe de Ronsard, qui devrait faire preuve de mobilité pour ses sauts de puce urbains. Derrière ce prétexte officiel se cachait un double calcul : en demandant à Claire de continuer à lui servir de conducteur avec la 2 CV, il reconnaissait implicitement sa dépendance de convalescent, ce qui épargnerait bien des scènes de ménage ; il se réservait aussi quelques heures de tranquillité, puisque la curiosité de sa femme serait satisfaite sans qu'il ait à répéter devant elle les minutes de ses démarches. Ce n'était évidemment pas réglementaire : en rendant compte par téléphone au capitaine Tournayre de ces dispositions anormales, l'adjudant avait joué les Machiavel :

— D'après le toubib, avait-il dit d'une voix éteinte, je devrais être encore impotent pour un mois. Il prétend même que je ne devrais pas sortir du tout. Je lui ai représenté que je ne pouvais pas laisser tout le travail à ce malheureux Ronsard; j'ai seulement obtenu l'autorisation de me déplacer le plus confortablement et le moins souvent possible.

— Prenez la 203, avait proposé le capitaine.

— Impossible, mon capitaine. Je ne peux pas priver mon adjoint de la seule voiture de la brigade équipée d'un radiotéléphone. Il peut être appelé ailleurs n'importe quand. Après tout, c'est lui le patron, en ce moment.

Au silence de Tournayre, il avait compris que l'affaire était presque conclue.

— Naturellement, avait-il ajouté, ma femme ne m'accompagnera que pour assurer mes déplacements, et restera à l'écart de l'enquête. Vous connaissez sa discrétion.

Le capitaine Tournayre connaissait mal l'épouse de son chef de brigade de Villefranche. Il avait donc donné son accord, non sans recommander, à tout hasard, d'interdire toute ingérence civile dans le déroulement des recherches.

— Tu es tellement menteur que je ne devrais jamais te faire confiance, mais bravo quand même, avait applaudi Claire, en reposant l'écouteur du téléphone.

En quelques heures, elle avait réglé la question de la garde des enfants. Madame Matral, mère de deux jumeaux de cinq ans, s'en chargerait volontiers. Elle en était à dresser une liste des emplettes à faire pour corser les pique-niques de la première journée de travail lorsque Joseph fit acte d'autorité :

— Pour l'heure, nous n'irons qu'à Toulonjac. Moins de quinze kilomètres aller et retour. Nous reviendrons déjeuner ici.

Claire Combes, auxiliaire de gendarmerie, salua son seigneur et maître.

— Bien compris, mon adjudant ! Mais ne crois pas que tu vas batifoler avec ton conducteur à l'heure des repas !

Pour Théobald Morel, le compte rendu que lui avait fait son gardien de hangar de la visite d'un gendarme en civil, l'après-midi du 14 juillet, avait donné au président de l'aéroclub quelque prévention contre ce fouineur. Aussi avait-il fait le difficile, au téléphone, avant de fixer un rendez-vous à celui que Navailhac avait dépeint comme « un gringalet boiteux qui ne payait pas de mine ».

A voir, ce matin-là, cet adjudant Combes, en uniforme, assis en face de son bureau encombré, dans le saint des saints du club, Morel n'eut pas de peine à conclure que Navailhac était plus stupide encore qu'il ne le croyait, et à présenter au visiteur ce qui pouvait passer pour des excuses.

Combes eut le bon goût de sourire à l'évocation de l'ours des cavernes qui l'avait éconduit l'avant-veille, et en vint directement au nœud de l'affaire. La fatigue des derniers jours et la douleur que lui causaient ses côtes avaient creusé ses joues et pâli son teint. Quelques mois auparavant, il faisait penser à un jeune chat joueur. Aujourd'hui, à détailler la dureté de son regard sous des sourcils froncés, son menton aigu pointé vers son interlocuteur, ses doigts calmement croisés sur les poignées jointes de ses cannes anglaises, cet enquêteur-là était d'évidence un fauve à l'affût.

— Vous êtes bien Théobald Morel, président et pilote de l'aéroclub villefranchois ? N'ergotons pas là-dessus. Vous employez un certain Caretoux. A quoi ? Depuis combien de temps ? Comment et pourquoi l'avez-vous recruté ? Et, pour finir, que savez-vous de sa vie quotidienne, de sa famille, de ses amis ? J'aimerais que vous me répondiez clairement, sans rien cacher. Vous ne savez peut-être pas que j'ai découvert avant-hier un cadavre dans le jardin de ce Caretoux. C'est vous dire que cette enquête est sérieuse. Votre bonhomme est soit l'assassin, soit la victime.

Après que l'adjudant eut parlé de sa trouvaille, Morel se dressa un instant sur son fauteuil. Manifestement, le piquet d'alerte de Matral avait travaillé assez discrètement pour ne pas avertir tout le village. Le cadavre était resté sans visiteur pendant trois semaines. Personne ne s'était aperçu qu'il avait été enlevé.

Dans le silence qui suivit, le président-pilote changea de mine. Monsieur Morel, honnête bourgeois d'une cinquantaine d'années, qui en portait allègrement dix de moins, donnait volontiers dans les complets de flanelle, l'œillet à la boutonnière, la gaillardise dosée selon le niveau social de ses partenaires, en affaires, aux bridges du sous-préfet ou au café du village, et dans le charme des tempes grises avec les femmes. Les restes de la fortune héritée de sa mère assuraient son indépendance, la grande maison de famille, noyée dans les arbres, à l'entrée de Toulonjac, était trop grande pour lui seul. Intelligemment, d'une passion de jeunesse pour l'aviation, il avait fait un métier qui ajoutait à son aura dans la région.

Il savait pourtant parfaitement distinguer, au milieu du tout-venant, les casseurs des têtes froides, les braves gens des dangereux, les importants de ceux qui se donnent de l'importance. A ce qu'il venait de voir et d'entendre, cet adjudant Combes, dont la vareuse s'ornait de décorations respectables acquises au feu, et qui s'adressait à lui sur un ton tout juste supportable, était à classer dans les dangereux importants et à tête froide. De plus, cette histoire de cadavre chez un de ses employés méritait qu'on s'y intéressât. Subitement, il eut envie d'être invité à suivre cette enquête ; il souhaitait trouver, auprès de ce gendarme, une atmosphère de rigueur et de goût de la logique qui le détournerait un peu de la futilité de sa vie.

— Vous me pardonnerez, dit-il calmement, d'avoir mis quelques minutes à rassembler tout ce que je peux savoir de Benjamin Caretoux. C'est en 1958, je crois, que...

Racontée par Théobald Morel, la vie de son employé comportait bien des zones d'ombre.

Ses fonctions au sein de l'aéroclub étaient mal définies. Il émargeait, pour un traitement mensuel qui était loin de correspondre à cette qualification, comme mécanicien auxiliaire. Voulant davantage de précisions, Combes apprit que le terme d'auxiliaire masquait une incompétence à peu près totale du mécanicien pour la mécanique ; Caretoux était cependant un magasinier de première catégorie, capable de digérer des nomenclatures de tous types, intéressant les avions, le matériel de piste, l'outillage, l'ameublement, l'automobile, l'alimentation, la pharmacie ou le jardinage.

Le gendarme ayant remarqué, au passage de ce mot, que le jardin du mécanicien était particulièrement mal entretenu, le narrateur insista sur la caractéristique majeure du bonhomme : il était imbattable sur le catalogue, et minable dans la pratique.

— J'imagine, dit à ce propos Morel, que c'était la même chose dans sa jeunesse. Bien qu'il ne m'en ait jamais parlé longuement, je sais qu'il a longtemps accompagné son père, épicier ambulant dans le Lot ou en Dordogne. Vous savez, ces visiteurs de villages qui apportaient le sel, les pâtes, les épices, le chocolat, à jour fixe. Avant 1914, ils faisaient leurs tournées en triporteurs. Entre les deux guerres, ils ont utilisé des camionnettes. Aujourd'hui, « le Planteur de Caïffa » et ses concurrents sont oubliés. Mais Benjamin se souvient toujours des listes de commandes de ses clients de ce temps-là. Et pour marquer qu'il le regrette, il roule encore dans la dernière camionnette de son père. Elle est devenue un véritable objet de collection, haute sur pattes avec une caisse aux couleurs d'une marque disparue depuis vingt ans au moins.

— Se sert-il souvent de cette antiquité ?

— Oui, couramment. D'habitude, c'est pour aller à Toulouse, où il va chercher du matériel chez les avionneurs. Quelquefois, je l'envoie en reconnaissance avant un meeting. Cette fois, il s'est absenté pour raison de famille, à ce qu'il m'a écrit.

— Etait-il coutumier de telles libertés ?

— Pas du tout. Quand il avait besoin précédemment de quelques jours de repos, il m'en parlait et nous nous arrangions en fonction des activités du club.

Questionné sur cette « affaire de famille », Morel avait été surpris d'une telle curiosité. Il n'avait même pas remarqué cette expression, disait-il, avant que Combes ne la soulignât. Caretoux avait une famille des plus restreintes, limitée à son fils Roger, qui faisait ses études au collège de Villefranche.

— La mère du gamin ? demanda l'adjudant.

— Je ne l'ai pas connue. Je crois qu'elle a quitté Benjamin avant que je ne l'embauche en 1958. Il a élevé son fils tout seul avec beaucoup d'affection. Le père et le fils s'entendent parfaitement, et pendant les vacances scolaires, le jeune Roger ne quitte pas son père.

— Personne d'autre ?

Morel marqua une hésitation.

— Vous m'auriez posé cette question l'année dernière, j'aurais répondu non sur-le-champ, et j'aurais sans doute eu tort. En avril dernier, il m'a demandé quatre jours pour ce qu'il a appelé « des démarches notariales » ; en revenant, il m'a avoué avoir fait un héritage qui allait changer sa vie et il a acheté la maison que vous connaissez, où il s'est installé pendant les congés du gamin.

— C'est ce qu'il appelait changer de vie ?

— Pour un homme approchant de la soixantaine, qui habitait dans une soupente louée à l'aubergiste du village, devenir propriétaire d'une maisonnette confortable, fût-ce dans un lotissement qui n'avait encore séduit aucun acheteur, c'était une amélioration.

— Evidemment, hasarda Combes, cet héritage a fait jaser dans le bourg? Votre employé s'est sûrement fait des ennemis?

— Même pas. Voyez-vous, Caretoux est un bonhomme qui ne se lie pas, qui est certainement sensible et relativement sociable, mais son aisance subite ne l'a pas transformé. Aucun étalage d'opulence, toujours les mêmes bleus de travail, et toujours sa vieille camionnette bleu et jaune. Mon rustre de Navailhac, qui le prend volontiers comme souffre-douleur, et qui ne manque pas d'un flair de truffier quand il s'agit de gros sous, n'a jamais soupçonné que le « bon à rien », comme il l'appelle, avait touché un magot.

— Croyez-vous possible que quelqu'un ait eu connaissance de ce magot, et qu'on ait tué Caretoux pour le lui voler?

— Etes-vous certain que votre cadavre soit celui de mon pauvre Benjamin?

— Honnêtement, je n'en sais rien. Tant que le médecin légiste ne trouve pas quelques signes suffisamment particuliers pour identifier ce qui lui a été confié, nous ne pourrons rien affirmer. Soyez persuadé que vous serez le premier averti, dans ce cas. Vous êtes le mieux placé pour reconnaître une cicatrice ou un tatouage.

A l'évocation de cette éventuelle corvée, le visage distingué de Morel se déforma, dans un frisson de dégoût que Combes jugea anormalement marqué de la part d'un homme ayant consacré son existence à un sport à risques. Son étonnement n'échappa pas au pilote.

— Je ne vous cache pas, avoua-t-il, que cette confrontation avec un cadavre me répugne. J'ai sans doute eu beaucoup de chance dans la vie, surtout dans le cadre que j'ai choisi ; je n'ai jamais eu l'occasion d'assister à un accident entraînant mort d'homme. Et la seule fois, au cours d'un meeting à Limoges, où j'ai dû approcher un ami, blessé au visage en se posant trop brutalement, j'ai tourné de l'œil comme une élève infirmière à son premier pansement.

L'adjudant trouva, une fois encore, que Morel insistait trop sur cette abusive sensibilité. Voulait-il, et pourquoi, faire croire qu'il était trop délicat pour assommer quelqu'un et jeter le corps dans un bûcher ? Combes refusa de s'appesantir sur ce qui n'était même pas une hypothèse, mais se promit de creuser le dossier « Finances » de Théobald Morel. Si, bien sûr, le festin des corneilles s'avérait avoir été Benjamin Caretoux.

A grand-peine, ankylosé et grimaçant, il se remit debout. Par la fenêtre ouverte, il venait d'entendre le halètement de la 2 CV de Claire.

— Je vous remercie d'avoir été si disert, dit-il sans excès de reconnaissance. Voudriez-vous me confier le billet envoyé par votre mécanicien annonçant son absence jusqu'au 20 de ce mois, ainsi que le nom de son notaire, si vous le connaissez ?

Il était très normal que le patron ignorât de quel tabellion Caretoux avait reçu son héritage. Et malheureusement il paraissait également vraisemblable qu'il eût froissé et jeté au panier la lettre de son employé.

— Je ne pensais pas que ce bout de papier pût avoir un jour de l'importance. Je suis désolé...

— Oh ! Je voulais seulement le comparer à celui qu'a reçu le principal du collège, pour excuser le retard imposé au départ en vacances de Roger.

— Je n'y avais pas pensé. Ce garçon doit trouver le temps long, entre ses quatre murs.

Combes le regarda avec attention. Etait-il possible que la double mort du collège ne soit pas encore connue de tout Villefranche ? Il pensa qu'il avait une nouvelle occasion d'étudier les qualités de comédien de son interlocuteur.

— C'est vrai, dit-il légèrement, Roger s'est beaucoup ennuyé. Il a sauté par la fenêtre de son dortoir, voilà quatre jours. Il est mort.

A voir l'ahurissement horrifié de Morel, celui-ci ne savait rien de ce drame. Ou bien il avait raté une brillante carrière d'acteur...

— Pardonnez-moi, ajouta l'adjudant en s'inclinant. Ma femme vient d'arriver pour m'emmener déjeuner. Je vous demanderai sûrement un autre entretien.

Derrière son bureau encombré, Morel faisait

maintenant largement son âge. Il se ressaisit difficilement, avant de se lever à son tour.

— Pourrais-je vous inviter tous les deux chez moi? Ma vieille femme de charge nous fera une omelette.

Peut-être, un peu plus tôt au cours de la conversation, avait-il eu vraiment envie de faire cette invitation. A présent, elle sonnait faux, comme une surprise ratée offerte malgré tout. Le mondain président de l'aéroclub avait l'air d'appeler au secours pour ne pas rester seul. Combes en eut presque pitié.

— Je regrette, dit-il, ce n'est pas possible aujourd'hui. Nous parlerons la prochaine fois que je viendrai vous voir. D'ici là, cherchez à rassembler tous vos souvenirs des huit dernières années concernant Caretoux. A bientôt.

Dehors, la piste d'herbe rase jaunissait sous un soleil africain. Appuyée d'une main à la portière ouverte de sa voiture, dans une robe de toile grise toute simple qu'elle avait choisie ce matin pour sa discrétion, Claire semblait poser pour un reportage sur un concours d'élégance. Un instant, pendant qu'elle l'appelait gaiement, l'adjudant crut que Morel, encore sur le pas de sa porte, allait le suivre jusqu'à la 2 CV. C'eût été tout à fait conforme à son image. Mais quelque chose le retint, qui était peut-être la crainte de passer pour un vieux beau attiré par une jolie femme. Retenue significative, pensa Combes en logeant son plâtre, tant bien que mal, dans sa boîte de tôle.

— Content de ta matinée ? demanda son chauffeur, faussement détaché en emballant inutilement son moteur

— J'ai appris des détails intéressants, et j'en ai deviné d'autres. Reste encore à retourner à la maison des corneilles pour examiner la récolte de Matral et de ses hommes.

Claire affecta de ne pas se montrer déçue par la brièveté de la réponse. Elle avait confiance en ses armes pour entraîner Joseph à passer outre les recommandations du capitaine Tournayre.

Seule l'odeur mielleuse de pourriture, qui nappait le jardin en friche de Caretoux, pouvait signaler à un passant de bonne foi qu'il s'était produit là quelque chose d'anormal. A bien y regarder, la présence d'une camionnette de la gendarmerie, tassée contre un figuier au fond de l'allée, était également révélatrice.

Le solide Matral, carrure de rugbyman, tignasse noire au ras du képi et bonnes joues sanguines, attendait son adjudant, debout au milieu du sentier. Ses deux camarades étaient paisiblement assis sur le tas de bûches, devant la porte de cuisine équipée de nouveaux scellés.

— Nous devrons revenir faire un inventaire complet, dit Matral du ton d'un psychiatre annonçant que le traitement sera long. Quelqu'un d'autre est venu visiter et fouiller toute la baraque. Les meubles sont démontés, les tapisseries arrachées; la cave a reçu des coups de pioche, apparemment au hasard. Toutes les paperasses sont en vrac. A voir l'état de ce bordel, il ne date pas d'hier. Ne doit pas être beaucoup plus jeune que votre décédé.

Combes digéra pensivement cette information. Il n'avait nulle envie de sortir de la voiture pour pénétrer dans un décor de vide-grenier. Si tout le contenu de la maison était en vrac, c'était que la première fouille avait été complète. Il n'y avait sans doute plus grand-chose à découvrir, sinon les traces laissées par les acteurs de cette intrusion. Matral avait raison, il faudrait du temps et de la patience pour les relever. Il allait ordonner à ses hommes de rentrer à la brigade quand le gendarme Tirlebon quitta le tas de bûches, vint jusqu'à la caisse de la camionnette et en fit descendre un personnage hirsute, manifestement chargé de force après une échauffourée. L'homme tomba dans la poussière en jurant tous les mille-dieux de la création et se releva furieux.

Découvrir à trois mètres devant lui, à la portière d'une 2 CV qu'il reconnaissait, le minable aux cannes anglaises le rendit positivement enragé.

— Fils de pute ! commença-t-il en faisant mine de s'élancer.

Stoppé dans son élan par la poigne vigoureuse

de Tirlebon, Auguste Navailhac ne put dire un mot de plus.

— Qu'est-ce que cet imbécile fait ici ? demanda Combes.

— Il est arrivé voilà une demi-heure, fusil de chasse à la main et des injures plein la bouche. Il a fallu le désarmer.

L'adjudant n'eut même pas un regard pour le gardien du hangar, dont l'absence allait sûrement poser un nouveau problème au sieur Morel.

— Mettez-moi ça en cellule en arrivant à Villefranche. Motif : résistance armée à la force publique. En attendant mieux, peut-être.

9

« De sexe masculin, de race blanche, vraisemblablement âgé de quarante-cinq à soixante ans ; dentition en mauvais état, dont l'absence de soins rendra l'identification difficile. Les atteintes causées par l'ancienneté du décès, remontant sans possibilité de datation plus précise à trois ou quatre semaines, jointes aux attaques des volatiles qui se sont acharnés sur le cadavre, interdisent toute reconstitution du visage et de l'aspect général du personnage. Taille présumée, cent soixante-douze centimètres. Fortement ossu. Présentant à l'intérieur des deux poignets des cicatrices en bourrelets typiques de coupures des veines soignées par un spécialiste, et remontant à moins de dix ans. Cause du décès : enfoncement crânien dans la zone occipitale et bris des vertèbres atlas et axis Très probablement le résultat d'un coup violent asséné avec un lourd outil métallique. La mort a certainement été instantanée. »

La voix de Ronsard n'était décidément pas faite pour les lectures publiques. Du moins pour un auditoire méridional. Le texte qu'il débitait paraissait un ragoût sans sel ni aromates aux assistants de la première réunion, dans le bureau du chef de brigade.

— Quelqu'un a-t-il une question à poser, à propos de ce rapport de légiste ? demanda Combes à la cantonade.

Les six gendarmes, serrés sur les deux bancs de bois qui occupaient presque toute la superficie du bureau, se regardèrent en coin avec le mauvais vouloir évident de potaches n'ayant pas suivi, chacun espérant que son voisin allait manifester un soupçon d'intérêt pour les conclusions du médecin. Peut-être parce qu'il avait été, dans cette histoire, le premier à se voir confier le rapatriement du cadavre de Toulonjac, Matral se décida enfin. Son visage sanguin crispé par l'effort de réflexion, il chercha comment exprimer clairement sa question.

— Pour le peu que j'ai pu voir de la peau de mon client, dit-il, il m'a semblé qu'il fumait beaucoup. Replié contre la poitrine, il avait un index intact tout jaune de nicotine. A moins que ce n'ait été dû qu'à l'ancienneté du décès ? L'autopsie a-t-elle permis de préciser ?

Réveillés par cette curiosité qui dénotait chez le gros Matral une finesse d'enquêteur inattendue, tous tournèrent la tête vers le chef Ronsard, qui n'avait pas lâché le rapport médical. Cette fois, le Tourangeau mit un peu plus de sentiment à sa lecture, quand il eut trouvé le bon paragraphe :

— Voilà ! « Les doigts du sujet sont marqués par des taches vraisemblablement causées par des manipulations courantes de mélanges chimiques à base d'acides gras, comme on en utilise dans le nettoyage ou l'entretien des moteurs. »

Cette réponse fut saluée par un soupir déçu. Matral hocha la tête, vexé d'avoir tiré une mauvaise conclusion de son observation; les autres baissèrent le nez, peu encouragés à se singulariser à leur tour.

— Attendez ! reprit Ronsard, subitement excité. Je n'avais pas encore lu le chapitre sur l'examen des viscères. « L'estomac présente des traces abondantes de tabac à l'état brut qui permettent de supposer que le mort avait l'habitude de chiquer, ce que confirme l'état des muqueuses de la gorge, sérieusement attaquées par des doses massives de nicotine. »

— Bravo, coupa l'adjudant avec animation. Je félicite notre ami Matral. Grâce à sa question nous avons un moyen de plus d'identifier notre cadavre. Chiqueur de longue date, suicidé il y a dix ans environ, travaillant dans la mécanique. Pour des restes tout nus, je les trouve maintenant assez bavards.

— Etant donné l'endroit de votre découverte, sourit son adjoint, il est bien possible que nous ayons affaire au sieur Caretoux père. Celui-là, je le sentais mieux en victime qu'en criminel. Pourquoi aurait-il supprimé son fils et le vieux Vergelas ?

— Bien sûr, opina Combes. Même si l'histoire des attentions particulières du concierge envers le jeune Roger était fondée, je ne crois pas qu'un homme de caractère placide et humble, au dire de son employeur, aurait disparu trois semaines avant de tuer son rejeton sur un coup de colère et aurait attendu un jour de plus pour se venger du suborneur.

— Mais il aurait très bien pu se suicider, hasarda Matral, dopé par les louanges de son supérieur.

Cette remarque inconsidérée jeta un froid. Les regards peinés de Combes et de Ronsard auraient suffi à convaincre Matral qu'il devait brider son imagination.

— Il est très rare que quelqu'un se suicide en se donnant un grand coup de clef anglaise sur la nuque, remarqua le chef, avec un ricanement dont la cruauté déclencha chez l'imprudent une inimitié qui serait longue à s'éteindre.

L'adjudant fit la moue ; brocarder un subordonné maladroit lui avait toujours paru peu charitable ; pire, une faute de commandement.

— De toute façon, dit-il en guise d'apaisement, nous continuons demain l'enquête sur les mêmes bases. Morel pourra nous préciser si son mécanicien avait les avant-bras marqués de cicatrices ou s'il chiquait.

— Peut-être pourrions-nous questionner la grosse brute que nous avons ramenée de Toulonjac, sans attendre de pouvoir rencontrer monsieur Morel, proposa l'infatigable Matral, qui manifestait décidément, malgré ses mauvaises fortunes, un exceptionnel intérêt pour cette enquête.

Cette fois, le coup d'œil que lui jeta Ronsard était franchement hostile. Le maréchal des logis-chef trouvait irritant ce débat public dans lequel un simple gendarme pouvait proposer à ses supérieurs n'importe quelle hypothèse, au mépris de la hiérarchie. Et le pire était que l'adjudant paraissait réjoui de ce désordre!

— Bonne idée, dit Combes. Allez donc me chercher ce Navailhac.

Les poignets menottés dans le dos, le ventre boudiné dans un pantalon de velours graisseux qui remontait d'une large main au-dessus d'une ceinture de corde, le torse poilu de gris débordant d'un maillot autrefois blanc, Auguste Navailhac avait perdu de sa superbe. Le front bas, l'œil éteint, la pommette droite marquée d'une ecchymose que Combes soupçonnait due au poing du gendarme Tirlebon, le gardien de l'aéroclub se dandinait d'un pied sur l'autre, refusant de regarder l'adjudant en face.

— Si vous êtes calmé, je vous fais enlever les bracelets.

— *Macarel*, ronchonna amèrement le prisonnier, c'est à vos bonshommes que vous devriez prêcher la paix. Me sont tombés dessus comme la vérole parce que j'avais mon calibre 12 à la main pour tirer sur ces *milladious* de corneilles.

— Nous verrons les détails de cette histoire demain matin, interrompit Combes. Aujourd'hui, je ne veux que deux renseignements que vous pouvez sûrement me fournir, sur le compte de Benjamin Caretoux. Je vous signale que vous n'avez pas intérêt à me raconter n'importe quoi.

Dans cette pièce relativement exiguë, la présence silencieuse des six gendarmes alignés contre le mur, derrière lui, semblait à Auguste physiquement menaçante. Accrochant par mégarde le regard du chef assis sur une chaise, à la gauche du bureau, il crut y lire la détermination satisfaite d'un pêcheur qui vient de sortir une belle truite de l'eau. Rien à attendre de celui-là non plus. Finalement, le moins inquiétant du lot était sans doute ce nabot d'adjudant, accoté à sa table, le dos raide comme s'il avait porté un corset. Il osa enfin lever les yeux sur son adversaire.

— Pute borgne, souffla-t-il, allez toujours ! J'ai rien à cacher, foi de Navailhac.

— Enlevez-lui les menottes et donnez-lui une cigarette, dit Combes.

Silencieux, Tirlebon fit un pas jusqu'à son prisonnier et libéra ses poignets rougis. Auguste se retourna à demi, en faisant jouer les articulations de ses battoirs ankylosés, et le remercia d'un hochement de tête. Entre costauds, considération n'est pas faiblesse. Et puisque la tendance était à l'apaisement, à la vue des autres gendarmes qui fouillaient leurs poches à la recherche d'un paquet de gauloises, il les prévint avec un rire qui se voulait jovial.

— Vous fatiguez pas pour moi. Je ne fume plus. Comme c'est défendu dans l'enceinte de l'aéro-club, j'ai pris l'habitude de m'en passer.

— Caretoux ne fume pas non plus ?

Le ton de voix était juste assez léger pour cette question d'allure anodine ; si du moins elle avait été posée en tête à tête, au cours d'un interrogatoire ordinaire. Mais le silence de l'assistance, d'une profondeur particulière, souligna brusquement son importance, au point de faire tiquer Navailhac. Il était d'accord pour répondre honnêtement ; encore fallait-il avoir l'air d'écouter ce qu'il disait.

— *Sang dé Diou*, s'énerva-t-il, en faisant à nouveau face au sourd qui l'interrogeait, j'ai précisé que fumer est interdit. C'est aussi vrai pour ce feignant de Caretoux que pour moi ; ou même que pour monsieur Morel.

— Et ça ne vous manque pas ?

— On se distrait autrement. Le patron suce des pastilles, moi je m'accorde de temps en temps un verre de rosé. Caretoux, lui, crache sans arrêt comme un crapaud. Faut dire qu'il arrête pas de mâchouiller des morceaux de tabac qu'il coupe dans une carotte grosse comme une jambe de bébé, qu'est toujours dans la poche de sa combinaison.

Il en devenait disert, l'Auguste, sensible au sourire satisfait de l'adjudant. Incompréhensiblement pour lui, l'ambiance avait viré au rose tendre, comme si chacun des gendarmes présents était devenu son ami. Même le chef blond au regard froid, sur sa chaise, paraissait content.

— En somme, dit Combes, ce brave Caretoux chique toute la journée. De quoi s'esquinter l'estomac.

— Surtout de quoi saloper les planchers, plaisanta Navailhac ravi.

— Et bien sûr, vous vous disputez tous les deux à ce sujet? Pas au point de vous battre, tout de même?

L'œil de l'ours brilla d'un éclair bref, comme un signal d'alarme. Il retrouva pour répondre son ton à la fois hargneux et prudent.

— Faut comprendre; c'est moi qui balaie. Alors je l'engueule souvent. Mais je cogne jamais. Monsieur Morel m'a prévenu, quand il a embauché Caretoux, qu'il fallait pas le secouer parce qu'il était malade. Pas grand et quand même costaud, mais sans jus. Malade dans la tête, qu'il a dit. J'allais pas frapper un dérangé.

La protestation sonnait juste. Dans le regard que lui lança son adjoint, Combes crut lire la copie conforme du doute qui venait de lui traverser l'esprit. Il paraissait avéré que le cadavre qui avait servi de nourriture aux corneilles de Toulonjac était celui du mécanicien auxiliaire. Serait-ce impossible que son assassin fût ce rustre, qui devait avoir accumulé au cours des années d'innombrables griefs nés des habitudes, du train de vie même modeste, de la paie sûrement plus importante et des voyages de celui qu'il appelait un « feignant » ? Sans parler du magot mentionné par Morel, dont il faudrait retrouver la trace.

Du coin de l'œil, il évalua la résistance de l'homme debout devant lui. Quotient intellectuel peu élevé, rusticité physique certaine, entêtement et peut-être un brin de malice, sans oublier un flair de gibier pour éviter les pièges ; le combat serait de longue haleine pour lui faire avouer sa culpabilité. Il ne faudrait l'engager qu'en possession de quelques semblants de preuves. Le doute ne suffisait pas.

Il allait renvoyer le prisonnier à sa cellule quand il se souvint d'une autre précision apportée par le rapport d'autopsie. Autant achever de rendre incontournable l'identification de son mort.

— Nous reparlerons de tout ça demain, Navailhac. En attendant, vous restez chez nous. Rappelez-vous que vous êtes accusé de rébellion avec arme contre la force publique. Encore une chose pour ce soir : savez-vous si Caretoux a tenté de se suicider, autrefois ?

Tirlebon, qui se penchait vers les poignets de la brute, pour reboucler les menottes, se vit arracher ses instruments qui sonnèrent bruyamment sur le bois du bureau de l'adjudant. Appuyé des deux poings, la trogne à hauteur du visage de son tourmenteur, le gardien de l'aéroclub soutint le regard impassible de Combes. Muets, les témoins de cet affrontement croyaient presque entendre s'enclencher les mécanismes dans le cerveau de Navailhac : « Qu'est-ce que j'ai à foutre de Caretoux ? Pourquoi ce *mézut*[1] d'adjudant me questionne, moi ? »

— *Qué fas que laoustre couilloun*[2]..., commença-t-il d'une voix qui jouait mal l'indifférence, aussitôt coupé par Tirlebon, qui semblait se complaire au dressage.

— Tu parles français, et vite. Monsieur ne va pas faire dîner toute la brigade à dix heures du soir !

— Bon ! en quoi ça intéresse quelqu'un que l'autre bon à rien ait voulu se couper les deux bras ? Bien sûr, il s'est raté, ce maladroit.

— Pourquoi a-t-il voulu se supprimer ?

— On n'a jamais été assez copains pour que je

1. *Mézut* : petit, minable, simplet.

2. « Qu'est-ce que ça peut faire que l'autre couillon... »

lui demande. Vous devriez aller poser votre question au patron, vu que l'histoire s'est passée juste avant que le Caretoux soit embauché par monsieur Morel.

— Quelle histoire ?

— Je vous répète que j'en sais rien ! Une histoire de fesses avec la mère du gosse, que Morel voulait effacer.

Estimant en avoir assez dit, Navailhac s'était redressé et feignait de regarder le carrelage, entre ses brodequins gris de poussière. Mais tous avaient senti, dans le choix de ses mots comme dans le ton guilleret de ses réponses, qu'il était ravi de lancer les gendarmes sur la piste d'un vieux scandale.

Presque malgré lui, Combes tourna la tête vers Ronsard, comme pour s'entendre dire que cette insinuation à peine formulée n'avait pas d'importance, que la phrase venimeuse de leur prisonnier n'était que l'expression d'un caractère jaloux et revendicatif. Mais ce qu'il lut dans les yeux de son adjoint correspondait trop à sa soudaine certitude : sa première visite au dénommé Morel avait permis au pilote de raconter l'histoire de ses relations avec Caretoux de façon particulièrement elliptique ; et, s'il avait menti par omission, c'était que la vérité était inavouable.

Ni l'adjudant ni le chef ne jugèrent bon de discuter sur-le-champ de ce qu'ils croyaient deviner. Trop d'inconnues les empêchaient d'étayer leurs soupçons. S'il s'avérait que Morel et Caretoux étaient liés par une solide inimitié, dont tout restait à découvrir, pourquoi le patron de l'aéroclub aurait-il attendu huit ans pour recourir à une solution extrême ? Et pourquoi le jeune Roger et Vergelas s'étaient-ils trouvés mêlés à l'affaire ? S'il s'agissait bien de la même affaire, ce qui était à prouver.

— Avez-vous les rapports d'autopsie des deux morts du collège ? demanda Combes, à peu près certain qu'il ne s'agissait que d'une confirmation.

— Nous avions raison sur toute la ligne, affirma Ronsard tranquillement, comme s'il n'avait jamais douté. Le pensionnaire et le concierge ont été tués par « un coup violent asséné sur la face occipitale avec un lourd objet de métal, avant d'être déposé dans la cour pour le garçon et pendu pour l'unijambiste ». Le meurtrier n'a semble-t-il pas changé de *modus operandi* de Toulonjac à Villefranche.

L'adjudant ne retirait aucune satisfaction de la justesse de son diagnostic. Lui qui voulait toujours comprendre comment son gibier réagissait n'arrivait pas à deviner ce qui avait poussé l'assassin — quel qu'il fût — à s'en prendre à une malheureuse 203 de la gendarmerie, armé d'une vieille camionnette. Cette énigme le tarabustait toujours, au moins autant que les mobiles du triple meurtre. Il se dit que peut-être Berthier pourrait l'accompagner le lendemain chez l'élégant monsieur Morel.

Respectueux du silence observé par leur supérieur, les gendarmes se demandaient avec inquiétude ce qu'il allait inventer comme occupation à cette heure avancée de la journée ; à tout hasard, Tirlebon avait, silencieusement mais fermement, refermé les menottes sur les poignets de Navailhac.

— Rompez, dit seulement Combes.

Il attendit de rester seul avec Ronsard pour reprendre en mains ses cannes anglaises et se relever en grimaçant. Cette satanée jambe n'avait pas l'air de se ressouder aussi vite qu'il l'eût voulu. Il jeta au chef un regard furibond, comme pour le mettre au défi de prononcer un seul mot d'apitoiement.

— Demain, rebelote. Faites prévenir Berthier que je l'emmènerai chez Morel. Vous, n'oubliez pas de fouiner du côté des voleurs de foie gras de notre ami Weber. Directement ou non, je crois que ce sont eux qui ont ravitaillé Roger Caretoux.

10

Combes avait mal dormi. Moitié à cause de sa jambe et de ses côtes douloureuses, moitié parce qu'il n'arrêtait pas d'échafauder des hypothèses, dont les plus simples ressemblaient à des cauchemars. Tantôt il imaginait ce Caretoux, qu'il n'avait pas connu et dont il n'avait jamais vu qu'une carcasse dévorée, courant devant un avion en rase-mottes, piloté par Morel et une beauté blonde, qui finissait par assommer le fugitif d'un coup de roulette de queue. Tantôt le même cadavre sans visage s'effondrait sous un coup de jambe de bois, brandie par un Vergelas ricanant, à son tour écrasé par une camionnette au volant de laquelle un ours à tête de Navailhac crachait des injures en patois. Au cours d'une troisième hallucination, Berthier, en pyjama à rayures et plâtre à l'hitlérienne, se battait comme un chiffonnier avec une blonde au faciès de sorcière, pendant qu'un écolier en sarrau d'interne frappait les deux combattants avec un cartable plein de boîtes de conserve.

— Franchement, avait gémi Claire, je vais finir par aller dormir seule sur le canapé du salon. Si tu veux que je reste auprès de toi, évite de me réveiller chaque fois que tu fais un mauvais rêve pour me raconter tes âneries et de me donner de grands coups de plâtre dans les tibias.

Ce matin, au volant de la 2 CV du ménage, elle n'avait pas dit un mot de tout le trajet. Pas plus que le gendarme Berthier, sur le siège arrière. Encore ce dernier avait-il pour bouder l'excuse d'être mal assis. En arrivant à l'aéroclub, la voiture décrivit une courbe parfaite avant de s'arrêter devant la porte vitrée du bureau.

— J'espère pour toi, grinça Claire, que ton Morel t'attend bien ici. Et s'il lui prend envie de nous inviter à déjeuner, téléphone-moi à la maison, que je m'habille élégamment.

Combes n'était pas de bonne humeur, mais l'air exaspéré de sa femme réveilla son sens de l'humour :

— *Primo*, l'homme est déjà là : regarde dans le hangar cette belle DS beige, c'est la sienne. *Secundo*, si invitation il y a, c'est notre ami Berthier qui goûtera l'omelette, pendant que nous irons tous les deux à l'auberge du village en amoureux. Viens donc me chercher vers onze heures.

L'air pincé de Berthier, qui redoutait tout autant d'être témoin d'une querelle de ménage que d'accrocher son bras minéralisé dans la carrosserie, acheva de rendre le sourire à Claire. Après tout, rien ne l'obligeait à rentrer à Villefranche. Elle se voyait parfaitement en enquêtrice d'ambiance, allant poser des questions sur les Caretoux chez l'épicier du coin, le boucher ou à l'auberge. Elle avait deux heures à gaspiller.

— Je suis ravi de vous revoir si vite, avait dit Théobald Morel en serrant la main de l'adjudant sur le pas de sa porte, avant de le conduire jusqu'au meilleur fauteuil de la pièce, avec une insistance que Combes avait jugé trop chaleureuse.

Le pilote jouait ce matin les jeunesses, avec une réussite certaine. Dominant le gendarme d'une tête, épaules larges et torse droit à l'aise dans une saharienne beige, assortie à la teinte plus soutenue d'un pantalon de tergal, le hâle des avant-bras nus souligné par une gourmette d'or, les ongles manifestement manucurés, il avait l'air d'un sportif élégant et fortuné, habitué aux mondanités autant qu'à l'effort. Amateur racé, certainement passionné par l'aviation, mais tout aussi intéressé par l'aura que lui valait, aux yeux des non-volants, l'étiquette de pilote, avec ses qualificatifs les plus convenus d'homme de sang-froid ou de tête brûlée, de courageux ou de noceur. Instinctivement, en découvrant toutes les facettes du rôle tenu par son interlocuteur, Combes trouvait que celui-ci forçait la note. Le romantisme affiché de l'amoureux du ciel lui paraissait peu compatible avec le chic anglais du personnage.

Soudain, il se sentit excédé par ces démonstrations bavardes de supériorité nonchalante. Il résolut, comme il l'avait appris au cours de ses stages de close-combat quinze ans auparavant, de contrer l'adversaire à la surprise. Morel était en train de brosser un tableau idyllique de ses fonctions de patron de l'aéroclub, quasi bénévole, de pilote et de moniteur, en insistant sur les relations de qualité qu'elles lui apportaient, quand l'adjudant, jusque-là silencieux, opta pour un acquiescement flagorneur :

— J'imagine, glissa-t-il avec un sourire qui s'accompagnait presque d'un clin d'œil, qu'outre des rencontres avec des personnages publics importants, votre activité doit vous valoir de nombreuses marques d'intérêt de la part des femmes. La réputation des aviateurs en ce domaine est bien connue.

Cueilli à froid, Morel tenta de jouer les modestes. Il leva une main en signe de dénégation, rougit légèrement, fronça les sourcils comme s'il était choqué par la brutalité indiscrète du gendarme.

— N'exagérons pas, se défendit-il, je suis devenu un homme d'âge. Je ne dis pas que j'ai vécu ma jeunesse comme un saint, mais il y a longtemps que je ne me conduis plus en godelureau.

Il en fallait plus pour arrêter Combes.

— Je ne vous parle pas d'aujourd'hui, monsieur. Mais d'une vieille histoire qui a laissé des traces.

Le ton de cette mise au point aurait alerté un simple d'esprit. Il paniqua littéralement le pilote. Peut-être, s'il n'avait appris la veille qu'une enquête avait été ouverte sur le cas Caretoux, n'aurait-il pas immédiatement relié cette désagréable remarque de l'adjudant aux retours de mémoire qui avaient peuplé sa nuit. Il crut pouvoir trouver un allié chez ce gendarme inconnu, qu'il avait oublié de faire asseoir depuis dix minutes, et qui se tenait toujours sur le pas de la porte, avec la fermeté de bras d'un porteur de flambeau. Revêche, Berthier opposa un regard de procureur à son sourire d'appel au secours.

Combes précisa son attaque :

— Etiez-vous au courant, quand vous l'avez engagé en 1958, de la récente tentative de suicide de Benjamin Caretoux?

— Oui, ma foi.

— N'avez-vous pas pensé qu'il était imprudent d'embaucher un mécanicien aussi peu équilibré?

— Je ne voulais pas en faire un mécanicien, mais un magasinier.

— Sans doute vouliez-vous surtout l'empêcher

de faire du scandale Un scandale qui aurait rejailli sur votre nom.

— Mais enfin, vous affirmez...

— Il est de notoriété publique que vous avez eu une aventure, « une histoire de fesses » dit-on, avec cette madame Caretoux que vous m'avez affirmé hier ne pas avoir connue. Faire du mari votre employé permettait à la fois de le calmer et de garder votre maîtresse auprès de vous.

Pendant quelques secondes, en fixant le visage défait de Morel qui le regardait, bouche ouverte, debout derrière son bureau, Combes pensa qu'il s'était laissé entraîner par son goût du roman, qui le poussait trop souvent à des déductions hâtives. Cette inquiétude ne dura pas. Sa victime venait de se laisser tomber sur son siège directorial. Tête baissée, les deux mains tremblantes en écran devant le front, le séducteur accusait maintenant plus que son âge. En un instant, son élégance décontractée avait disparu, comme s'il avait reçu un seau d'eau glacée en pleine figure.

— Asseyez-vous donc, Berthier, dit Combes froidement. Si vous ne pouvez pas écrire, retenez du moins mot pour mot ce que monsieur Morel va nous raconter de sa rivalité avec son magasinier. Vous êtes assermenté. Votre témoignage sera donc parfaitement valable.

Cette affectation de traiter la suite de l'entretien de façon officielle n'était même pas nécessaire. La passe d'armes avait été courte mais violente.

L'adversaire se savait vaincu. Le visage bouleversé qu'il montra enfin aux deux gendarmes, en posant sur le bureau ses mains hésitantes, le disait assez. Les yeux fixes au fond des orbites qui s'étaient creusées, la respiration saccadée, proche des sanglots, le menton et la lèvre inférieure agités de spasmes trahissaient la reddition complète.

— Dites-nous les choses calmement, dit encore l'adjudant. J'attends de vous la simple vérité, pas des aveux. Comprenez bien que je ne vous accuse de rien.

La voix même de Morel avait changé. Perdues cette nonchalance distinguée, cette aisance un peu gouailleuse à se mettre à la portée de l'interlocuteur. L'homme parlait maintenant à voix basse et monotone, comme dans un confessionnal.

— Vous avez retrouvé Caretoux? C'est lui qui vous a dit ce qui s'est passé autrefois?

— Oui, nous croyons avoir retrouvé votre employé. C'était lui le cadavre que j'ai découvert dans son jardin. Vous devrez venir le reconnaître officiellement cet après-midi à la morgue. Quant à vos amours, vous vous doutez qu'elles ont eu d'autres témoins.

— C'est vrai, soupira Théobald. J'ai connu Suzanne Bouzac ici même, en 1952. Je venais de trouver, grâce à l'appui de la mairie de Villefranche, de quoi financer l'extension de l'aéroclub, qui se résumait alors à une vieille piste en herbe mal entretenue. Nous avions prévu de construire un hangar et d'acheter un Morane d'occasion, pour donner des baptêmes de l'air. Evidemment, tout ça attirait la jeunesse du village. Suzanne était une jolie fille et elle n'était pas farouche. Elle a très vite répondu à mes avances. Nous avons eu une année assez passionnée; nous nous retrouvions souvent dans ce bureau; ou je l'emmenais dans mes déplacements. Elle était blonde, mince, gaie, portait bien la toilette. Bref, nous nous aimions sans calcul. Jusqu'au jour où elle m'a avoué qu'elle était enceinte. Elle avait vingt-deux ans. J'aurais dû l'épouser, mais j'avoue avoir été lâche quand ma mère, qui vivait encore, m'a interdit cette mésalliance. Voyez-vous, le père Bouzac était retraité des Chemins de fer, après quarante ans d'entretien des ballasts. Il vivait très maigrement dans une maisonnette à moitié en ruine, avec sa femme à peu près analphabète, ses deux filles, dont Suzanne était la cadette, et deux garçons qui se sont engagés depuis dans l'armée. Ma mère m'a représenté qu'un tel mariage, outre qu'il la mènerait à la tombe à force de chagrin, me fermerait toutes les portes de nos amis et des notabilités de la région. J'ai cédé. Je m'en veux encore.

— Et Caretoux dans tout ça?

— Oh! Caretoux! Il venait juste d'arriver à Toulonjac où un garagiste de Villefranche essayait de monter un petit atelier de réparation équipé d'une pompe à essence. Il a embauché Benjamin. Pour celui-ci c'était l'année heureuse, car il a rencontré Suzanne. Bien sûr, elle était furieuse contre moi et ma mère ; elle a tout de suite calculé que ce nouveau soupirant pouvait, à défaut de luxe, lui apporter la respectabilité, si nécessaire dans nos campagnes. Elle l'a empaumé en une semaine, ils se sont mariés et, je ne sais comment, elle a réussi à faire croire que la naissance du bébé était prématurée. Toujours est-il que l'enfant a été déclaré sous le nom de Roger Caretoux.

— Roger était votre fils ? s'étonna Combes, se rappelant brusquement l'émoi de Morel quand, la veille, il lui avait brutalement annoncé la mort du garçon.

Un instant, devant les paupières qui se crispaient et le hochement de tête navré de son vis-à-vis, l'adjudant eut honte de son tempérament de limier, qui le rendait insensible aux malheurs de ceux qu'il mettait sur le gril. Il se savait pourtant obligé de revenir à la charge, de cureter sans égard le fond des plaies.

— Caretoux l'ignorait ?

— Il l'a ignoré pendant cinq ans, soupira Morel. Le temps que la famille Bouzac se désagrège. Le père est mort de cirrhose, la mère de détresse un an après. La fille aînée est partie à Toulouse pour je ne sais quelles études professionnelles. Puis leur maison a brûlé. Avant de partir au régiment, les garçons ont décidé de régler leurs comptes avec Toulonjac, qu'ils accusaient d'être un village maudit où on tenait les Bouzac pour des parias. Ils n'ont rien trouvé de mieux que de raconter à leur beau-frère l'inconduite passée de Suzanne. Imaginez ce qu'a ressenti Benjamin en apprenant que le fils tant chéri était un bâtard. Il s'est tout bonnement coupé les veines, dans son atelier dont les affaires marchaient plutôt mal. On l'a sauvé de justesse. Quand de bonnes âmes m'ont appris cette tentative de suicide, j'avais déjà fait un examen de conscience accablant. Je suis allé à l'hôpital où j'ai eu une explication franche avec le ressuscité. C'est ce jour-là que je lui ai proposé de prendre en charge désormais toute la famille Caretoux. Il ne voulait rien entendre, rien accepter. Il a fallu que je lui promette que Roger ne saurait jamais la vérité sur sa filiation, que je l'embaucherais à l'aéroclub avec un salaire décent sitôt rétabli, et que je paierais discrètement les frais d'internat du garçon dès qu'il serait en âge d'entrer au collège de Villefranche. Il a enfin dit oui et, depuis, nous nous sommes tenus à cet arrangement.

— Est-ce que sa femme a accepté cette nouvelle vie ?

— Oh ! Elle était trop fière, ou bien elle me haïssait trop. Plus tard, Benjamin m'a raconté la scène qu'elle lui avait faite à sa sortie de l'hôpital. Elle l'avait traité de maquereau, de maître chanteur, de raté, l'avait accusé d'avoir gâché son avenir en déclenchant un scandale et lui avait annoncé tout à trac qu'elle les quittait, lui et

Roger, pour rejoindre sa sœur à Toulouse. Ce qu'elle a fait, le jour même. Nous ne l'avons jamais revue.

— En êtes-vous certain, en ce qui concerne Caretoux ?

— Je le crois, et pourtant le malheureux restait étonnamment attaché à son souvenir. Je suis même sûr qu'il l'aimait toujours. Tenez, après son héritage, je sais qu'il a écrit à Suzanne, dont il croyait avoir trouvé l'adresse, pour lui apprendre la bonne nouvelle et lui proposer de reprendre la vie commune ailleurs qu'à Toulonjac si elle le désirait. Elle n'a jamais répondu.

— Avez-vous vu ou lu cette lettre ?

— Non. Il n'en a rien dit pendant plus d'un mois. Ce n'est que dans un coup de cafard qu'il m'a avoué cette démarche. Vous savez, au cours des années, nous étions devenus presque des amis. Le sentiment qui nous réunissait était ambigu : nous avions aimé la même femme, nous travaillions ensemble quasiment tous les jours, nous savions pouvoir compter l'un sur l'autre et nous portions tous deux un intérêt affectueux à Roger, Caretoux parce qu'il refusait d'abdiquer les responsabilités d'un père et moi parce que je m'attachais de plus en plus à ce gamin, qui passait pratiquement tous ses congés au club. Il était intelligent, adroit, en pleine forme, d'esprit curieux. Il m'appelait « oncle Théo ». Je n'avais pas le droit de me montrer ouvertement fier de lui, mais j'avais décidé de réparer le plus possible mes fautes passées. Le testament que j'ai déposé voilà deux ans chez maître Delgayroux, mon notaire, vous dira que Roger Caretoux était désigné comme mon seul héritier.

A l'évocation de son fils, la voix de Morel avait un instant vibré du contentement légitime d'un père. Le mot de « testament », inconsciemment lié à celui de « mort », replongea le pilote dans son chagrin. Il abandonnait complètement sa dignité de notable, tout entier consumé par ses remords et peut-être par sa peur de vieillir solitaire et coupable, sans rédemption possible. Il s'efforçait de maîtriser les sanglots qui lui montaient à la gorge, mais les larmes perlaient à ses paupières rougies. Le spectacle d'un homme mûr en train de pleurer est cause de gêne autant que de pitié. L'adjudant et Berthier, pourtant difficiles à émouvoir, détournèrent la tête et échangèrent un regard. Combes lut dans les yeux de son gendarme ce qu'il pensait lui aussi : il avait assez tourmenté ce héros désarmé d'un drame vieux comme le monde.

Pourtant, comme il le dit doucement, il avait encore à poser quelques questions de détail.

— Reprenez-vous tranquillement, monsieur Morel. Nous comprenons parfaitement que votre peine soit grande, après l'émouvante histoire que vous nous avez racontée. Mais nous avons à enquêter sur trois meurtres. Si vous acceptez de nous aider, quelques-unes de vos réponses peuvent nous rapprocher de la solution.

— Allez-y, souffla Morel en redressant les épaules.

Combes apprécia qu'il ne se soit pas excusé de sa défaillance. Le notable disert et aimablement supérieur était devenu un autre homme, de plain-pied avec ceux qui l'interrogeaient.

— Croyez-vous que Caretoux ait eu connaissance de votre testament ? Cela pourrait expliquer qu'il soit parti sans vous donner les raisons de son absence.

— Pour avoir lu les journaux à l'époque, je me souviens que vous connaissez mon notaire[1]. J'ai toute confiance en sa discrétion.

— Qu'avez-vous pensé en recevant ce billet prétextant une « affaire de famille » ?

— Que Benjamin avait reçu enfin une réponse de Suzanne, et qu'il partait pour aller la voir et la persuader de lui revenir.

— Avez-vous eu des doutes sur l'origine de cette lettre ? Le papier, ou l'écriture ?

— Autant que je m'en souvienne, je n'ai pas fait attention. C'étaient quelques pattes de mouche assez semblables à celles que griffonnait Caretoux, sur une feuille déchirée d'un bloc de commandes de pièces.

1. *Les Frères Delgayroux, op. cit.*, même collection.

— Jureriez-vous que ce billet était de la main de votre magasinier ?

Cet échange rapide avait provisoirement écarté Morel de son chagrin. Jusque-là il avait répondu sans temps mort, avec une apparente sincérité. Cette fois-ci, il prit le temps de peser les termes de la question :

— Honnêtement, dit-il enfin, je ne le jurerais pas. Comprenez qu'en recevant ce billet, qui me faisait prévoir des embêtements sur le plan professionnel, j'ai davantage été préoccupé du sens que de la forme. Je l'ai parcouru en sacrant contre Benjamin, sans penser à relever des différences avec son écriture habituelle. Et puis, je l'ai roulé en boule, et jeté à la corbeille à papier.

— Que devient le contenu de cette corbeille ?

— On le brûle chaque semaine au moins.

— Qui est chargé de cette corvée ?

— Navailhac, ou Caretoux ; c'est selon. Dites-moi, je pense à quelque chose... Comment est mort Caretoux ?

— Il a été frappé d'un grand coup sur le crâne. Pourquoi cette question ?

Morel secoua la tête pour conjurer l'image de son employé assommé.

— Parce que, si Benjamin a été assassiné, le billet a dû être écrit par le meurtrier, pour que personne ne s'inquiète de l'absence de sa victime et qu'on ne découvre le corps que le plus tard possible.

— C'est actuellement mon hypothèse préférée, admit Combes en souriant pour la première fois depuis le début de cet interrogatoire. Néanmoins, on peut imaginer que la victime a été abattue parce qu'elle se préparait à partir, peut-être pour aller rechercher sa femme.

— Qui aurait voulu empêcher ces retrouvailles ?

— Quelqu'un qui voulait que Suzanne Caretoux ne remette pas les pieds à Toulonjac, s'amusa l'adjudant, souriant toujours.

A présent, le sourire était chargé de venin. Derrière sa table de travail, Théobald Morel se raidit, suffoqué par cette attaque personnelle presque directe, incapable de supporter ce régime de douche écossaise, incapable de manifester sa révolte autrement qu'en balançant la tête de gauche à droite, dénégation silencieuse relayée par un regard horrifié.

— Calmez-vous, intima Combes ironiquement. Je voulais juste vous faire comprendre que dans l'état actuel du dossier, nous ne pouvons rien négliger. D'ailleurs, je suis persuadé que les deux meurtres de Villefranche sont liés à celui de Caretoux et je ne vois pas ce qu'un ennemi du retour de sa femme pouvait espérer de la mort d'un collégien et de celle d'un unijambiste.

Dans le silence hostile qui s'était installé, il soupira avant de se lancer dans son habituelle gymnastique de handicapé, efforts des bras sur les accoudoirs, assurance prudente des cannes anglaises, balancement du plâtre, lent redressement du buste douloureux, hésitation avant le premier pas. Dehors, la 2 CV venait de refaire sa manœuvre du matin. Cette fois, Claire se permettait de signaler son arrivée d'un coup de klaxon qui ressemblait à un gémissement.

— Vous viendrez vers trois heures à la gendarmerie, dit l'adjudant à Morel du pas de la porte, sans attendre de réponse.

Sans un mot, Berthier, que son perpétuel salut à César devait éreinter à la longue, suivait son chef la tête basse et l'air renfrogné. Peut-être attendait-il avec impatience de pouvoir fumer une de ses sempiternelles cigarettes.

— Que diriez-vous de notre matinée ? lui demanda Combes en commençant à clopiner vers sa voiture.

— Que j'ai appris comment mener une séance de supplice, répondit sombrement « Une Gaule ». Vous avez torturé ce pauvre type avec délectation.

— Si vous pensez du mal de vos supérieurs, mon vieux, évitez au moins de le leur dire. Avez-vous une opinion sur le patron de l'aéroclub ?

— Pour moi, il est blanc-bleu.

— Oui, je le crois aussi, grinça l'adjudant, comme s'il regrettait cette conclusion. A une nuance près ; je dirais gris au lieu de bleu.

11

Claire paraissait particulièrement enjouée à son volant. Sa bonne humeur, qui contrastait avec le visage boudeur qu'elle avait affiché deux heures plus tôt, en arrivant à Toulonjac, était transparente pour Joseph Combes; sa femme s'était certainement livrée à ce qu'elle appelait ses enquêtes « parallèles ». Elle ne voulait jamais admettre qu'interférer en franc-tireur dans le travail de recherches des officiels risquait, dans le meilleur des cas, d'alerter les coupables pour leur donner le temps de supprimer des indices ou des témoins; elle pouvait aussi, en mettant les choses au pire, se retrouver devant un suspect furieux d'être démasqué. Dans cette affaire, le criminel, une fois découvert, pourrait bien choisir d'éliminer purement et simplement celui ou celle qui le mettrait en danger. Il l'avait déjà prouvé. Combes soupira; comment Claire recevrait-elle la mise en garde qu'il se promettait de lui infliger une fois rentrés chez eux?

— J'ai appris deux ou trois petites choses qui t'intéresseront, dit-elle joyeusement, en démarrant avec sa brusquerie habituelle, qui arracha un grognement au pauvre Berthier malmené sur le siège arrière.

— Nous en parlerons à la maison, dit Joseph froidement. Nous allons d'abord aller voir ce qu'a pu trouver notre ami Matral en perquisitionnant dans la villa des Caretoux.

Depuis huit heures du matin Matral et ses deux compagnons avaient eu le temps de mettre le pavillon du mort sens dessus dessous. Non qu'ils aient dû faire preuve de beaucoup d'activité. La maison ne comprenait que deux pièces, une salle d'eau et une cuisine. La visite faite auparavant par des inconnus y avait déjà vidé tout ce qui pouvait être considéré comme une cachette. Les meubles peu nombreux, de bois massif comme il convient dans le logement d'un homme fortuné mais de goûts simples, n'étaient pas garnis de compartiments à secrets. Le contenu des tiroirs avait été vidé à même la grande carpette de coco. Un large bahut, bien ciré sous une couche de poussière, béait de toutes ses portes et ne renfermait plus que quelques assiettes de faïence blanche ; le reste du service, aux trois quarts transformé en tessons, s'éparpillait sur le sol de carrelage d'un rouge brun. Dans la partie salon, la plus proche de la porte du jardin, deux fauteuils profonds, recouverts de tissu beige, encadraient une banquette-divan assortie; l'ensemble avait certainement été confortable, avant que des mains équipées de couteaux n'eussent éventré coussins et sommiers. La bourre de kapok s'agglutinait aux pieds des sièges en petites dunes de neige sale. Les rideaux eux-mêmes, qui avaient voilé la grande fenêtre ouvrant sur le village derrière la table et le bahut, avaient été arrachés et leurs coutures défaites; la lumière de juillet inondait les vitres nues; sa crudité féroce ajoutait une touche de misérabilisme à ce spectacle de vandalisme. D'une série d'étagères superposées, fixées au mur de gauche, cent cinquante ou deux cents livres avaient été balayés sans précaution. Ils gisaient à même le sol, en vrac, après avoir subi, pour quelques-uns, un feuilletage rapide, comme si les visiteurs y avaient cherché des documents cachés.

— Que devons-nous trouver? avait demandé Tirlebon, après avoir contemplé du seuil ce paysage de ruines.

— Tout et n'importe quoi, avait dit rêveusement Matral. L'adjudant a précisé qu'il avait surtout besoin de lettres d'affaires et de photographies. Vous deux, occupez-vous de ce salon-salle à manger. Je prends la chambre, à côté.

Involontairement, il avait gardé le travail le moins ardu. Deux fois moins étendue que la première, cette seconde pièce, passé la porte de communication avec le salon, n'était meublée que d'une armoire, d'une carpette en coco identique à celle du salon et, dans les deux coins, face à la porte, de deux lits simples flanqués chacun d'une table de nuit tout ordinaire. Ceux qui avaient massacré les sièges de la pièce voisine avaient fait subir le même sort aux matelas, qui bâillaient sur leurs entrailles de laine, draps arrachés et roulés en boule, mêlés aux dessus-de-lit à fleurs jaunes. Ici aussi les rideaux avaient été déchirés, mais les volets métalliques fermés maintenaient la chambre dans une obscurité de sieste.

Avant de commencer ses investigations, Matral les ouvrit. Mains sur les hanches, il examina plus en détail le champ de bataille, puis se décida à inspecter l'armoire; avec ses portes garnies de moulures et ornées de fer forgé, c'était un vieux meuble de pays, en noyer sombre, qui eût trouvé place dans une demeure ancienne.

Les deux vantaux s'ouvrirent avec un grincement, qui paraissait déplacé dans ce logement moderne. Le contenu des quatre étagères de gauche, draps propres, couvertures, serviettes de toilette, chemises et tricots, s'entassait dans le même désordre que celui de la penderie de droite, pantalons de deux tailles et vieux vestons. Quand le gendarme entreprit de faire l'inventaire de ce décrochez-moi-ça, il compta une veste de velours pour adulte, un complet gris foncé à peu près neuf, encore marqué de la griffe du Joyeux Laboureur de Villefranche, qui avait sans doute été le vêtement habillé de Benjamin Caretoux, deux pantalons de toile ayant appartenu au jeune Roger, et trois paires de fortes chaussures de cuir usagées mais cirées, de deux pointures différentes.

En s'approchant des lits, Matral marcha sur un morceau de verre qui craqua sous sa semelle. Il eut tôt fait de découvrir, entre une table de chevet et le mur, un cadre de métal à la vitre brisée dont on avait arraché une photo. Par acquit de conscience, il nota quand même que le cadre portait la mention « Studio d'Art, place Notre-Dame », imprimée sur le carton du dos. Il se demanda pourquoi quelqu'un avait jugé bon d'enlever aussi expéditivement l'image qui avait trôné sur la table de nuit du maître de maison. Puis il cessa de se poser la question en entendant, par la porte ouverte, une exclamation heureuse poussée par le gendarme Jegou.

Celui-ci jaillit dans le salon en même temps que lui. Il brandissait triomphalement un morceau d'enveloppe. Un bout de papier blanc, froissé et couvert de taches douteuses.

— Fouiller une vieille poubelle dans une cuisine abandonnée n'est peut-être pas agréable pour les narines, dit Jegou, mais je crois que ce torchon fera plaisir à l'adjudant. Regardez ce qui est inscrit sur ce papelard : « Maître Delgayroux, notaire à Villeneuve-d'Aveyron ».

— Je ne vois pas ce qu'un bout de papier pareil

peut apporter à l'enquête du patron, dit dédaigneusement Matral en haussant les sourcils.

Il était vexé de n'avoir pas été l'inventeur de ce trésor. Il se consola un peu plus tard, quand ils entendirent arriver la voiture des Combes dans le chemin. C'était lui qui avait été chargé de diriger la perquisition ; c'était donc à lui d'en rendre compte.

Penché à la portière, il essaya de sourire bravement en dressant la maigre liste des trouvailles de son équipe. Il n'attendait aucune félicitation de l'adjudant. Aussi fut-il étonné par le juron plein de contentement qui sonna dans la bouche de son chef.

— Crénom ! Enfin quelque chose de positif ! L'adresse et le nom d'un notaire ! De qui s'agit-il ?

— De votre ami Delgayroux[1], dit Jegou, à l'affût derrière le coude de Matral.

L'ambiance changeait décidément à chaque voyage, sur les huit kilomètres entre Villefranche et Toulonjac. Pendant ce retour d'avant-déjeuner, elle était au beau fixe dans la 2 CV. Berthier lui-même, malgré son équilibre inconfortable chahuté par la conduite désordonnée de la femme de son adjudant et malgré les douloureux claquements de la capote sur son plâtre, gloussait des « Delgay-

1. *Les Frères Delgayroux*, *op. cit.*

roux, ça alors ! » à chaque cahot, comme si la présence du vieux notaire dans cette histoire promettait une enquête succulente.

Pour sa part, Combes se réjouissait de savoir enfin à qui s'adresser pour se faire une idée précise des bonheurs financiers de Caretoux, à peine évoqués par Morel. Il allait pouvoir s'assurer de la solidité ou de la fragilité d'une hypothèse qui le tracassait depuis les aveux du patron de l'aéro-club : se pouvait-il que Caretoux n'ait pas été l'homme faible et discret qui lui avait été dépeint, mais au contraire un manœuvrier subtil, capable de faire chanter l'aristocratique Théobald, au point de le pousser à bout ? Après tout, il ignorait les ambitions de Morel — peut-être orientées vers la politique—, qu'aurait pu ruiner la découverte d'un fils bâtard abandonné avec sa mère ! Combes rêvait à l'agencement de sa construction intellectuelle, souriant aussi béatement que le lui permettaient ses vieilles douleurs. A peine entendait-il les exclamations régulières de Berthier, dans son dos ; il ne prêtait pas plus d'intérêt au babillage de Claire, que l'impatience empêchait d'attendre le retour à Villefranche pour rendre compte de ses prouesses de la matinée. Quelques mots réussirent pourtant à atteindre son mari et l'arrachèrent à son jeu de puzzle.

— Voudrais-tu répéter ce que tu viens de dire ? Tu es allée questionner des gens du village sur les Caretoux ?

— Pas « les » gens. J'ai seulement passé une heure et demie à prendre un second petit déjeuner au bistrot de Toulonjac, sur la grand-place.

— Et tu as tout à trac demandé ce que les clients de ton café savaient de Caretoux, alors que la nouvelle de sa mort n'est pas encore officielle ? Tu es inconsciente, ma parole !

— Pas folle, en tout cas. Je me suis souvenue que, d'après ton pilote, les Caretoux louaient un logement chez l'aubergiste avant d'acheter leur pavillon. Sois tranquille, je n'ai posé aucune question sur le père. Je me suis contentée de regretter à voix haute la mort stupide du fils. Celle-là, je peux te le dire, défraie la chronique locale depuis que *La Dépêche* d'hier matin l'a annoncée avec une manchette bien grasse. Apparemment, le gamin était très bien vu des habitants du village. Son père aussi, d'ailleurs. Les gens m'ont eu l'air un peu plus réservés sur le compte de la mère. Le mari de l'épicière, qui est venu boire un verre de rouge, l'a même un peu insultée en la traitant de « chasseuse de pantalons ». Mais, en général, il semble que Caretoux, bien que plaqué, ait veillé à la réputation de sa femme ; il a prétendu qu'elle était allée soigner dans les Pyrénées une maladie de poitrine ; au bout d'un an, il a répondu aux ironiques poseurs de questions qu'elle était morte.

Combes hocha la tête. Claire ne lui apprenait rien de sensationnel, mais il devait reconnaître qu'elle savait créer autour d'elle un climat de confiance. Les villageois ne sont pas de ceux qui se déboutonnent aisément devant des inconnus.

— Ces braves gens t'ont raconté ce roman pour tes beaux yeux? demanda-t-il en risquant une main aimable sur l'avant-bras nu de sa femme. Peut-être t'ont-ils prise pour une journaliste?

Abandonnant une seconde la route du regard, elle tourna vers Joseph un œil faussement courroucé.

— Ce n'est pas à un gendarme que je devrais rappeler qu'il est interdit de tripoter le conducteur. Tu vas me faire rater un virage.

Elle sourit aux anges, d'un coup, consciente que Joseph n'était pas dupe de son froncement de sourcils.

— Ne t'inquiète pas, reprit-elle. Je n'ai pas prétendu être une journaliste mais une éventuelle cliente de l'aéroclub. Pour des leçons de pilotage. Je voulais soi-disant savoir si Morel avait formé beaucoup d'élèves. Je dois dire que personne ne m'a dit de mal de « monsieur Théo ». C'est un peu le notable du coin, même s'il n'a pas d'ambition évidente de devenir maire ou conseiller municipal. Et il passe pour être assez calé question aviation, et bon instructeur.

— Ce n'est pas une raison pour décoller, grommela irrespectueusement Berthier, qu'un cassis inattendu venait de projeter contre le mauvais côté de la carrosserie.

— Joli travail, coupa Combes prudemment.

Voilà ce qu'il me fallait pour m'imprégner du climat.

— Et ce n'est pas tout, dit Claire, sans paraître se fâcher de l'insolence de son passager. Regarde dans mon sac. La femme du cafetier m'a montré toute une série de photos prises au temps où les Caretoux habitaient chez elle. Elle m'en a même donné une de la famille.

L'adjudant regarda longuement le trio, debout devant un mur garni de vigne vierge. « Morts tous les trois », songea-t-il. Le père, un brun fluet, souriait au petit garçon qui s'accrochait aux mains de ses parents. La femme, une blondinette assez mince, regardait l'objectif avec une grâce prometteuse, comme pour le séduire. Au coin du carton gris les mots « Studio d'Art, place Notre-Dame » étaient imprimés en cursives dorées.

La 2 CV venait de passer les premières maisons de Villefranche lorsque Combes s'arracha à sa rêverie ; il avait entendu Claire et Berthier échanger leurs impressions dubitatives sur l'évolution de l'enquête ; une conversation de café du Commerce, qui lui paraissait tout juste bavardage de spectateurs, indigne de limiers capables de relever une trace les menant au gibier. Pour les faire taire, presque machinalement, par-dessus son épaule, il tendit à son gendarme le portrait d'une famille heureuse.

Berthier n'était pas un foudre de guerre, ni même un as de la déduction. Il ne brillait ni par ses initiatives ni par son courage. Et il fumait comme une cheminée d'usine, empuantissant toute la brigade, dont il avait un jour commencé à incendier un bureau grâce à un mégot mal éteint. L'adjudant lui avait déjà conseillé de se marier avec une jeunesse de caractère qui le guérirait de son vice. Mais, s'il se tétanisa soudain sur la photo que venait de lui donner Combes, ce n'était pas parce qu'il était tombé sous le charme de la femme aux cheveux clairs dont les yeux le fixaient, du fond d'un bristol vieux de sept ou huit ans. Le grognement de surprise qu'il poussa était si chargé de rage satisfaite et si subit qu'il jeta Claire sur sa pédale de frein et l'adjudant sur le pare-brise.

— Bon Dieu ! sacra Combes en redressant son képi, qu'est-ce qui vous prend de hurler comme ça ?

Derrière, Berthier s'étranglait dans ses explications :

— Une illumination, comme ça. Pour un peu, j'ai cru reconnaître sur cette photo la passagère de la camionnette qui nous a envoyés à l'hôpital.

— C'est ça ! constata aigrement la conductrice. Vous avez été carambolés par une morte !

III

12

Un brutal orage d'été avait ravagé le ciel, jusque-là lumineux, et ruiné les projets de madame Hernandez. Elle s'était promis de fermer son échoppe de bonne heure, pour avoir le temps de remonter la rue Sainte-Lucie vers le pont Saint-Michel. Une de ses pratiques, Farida Mouskra, l'entendant se plaindre du délabrement de ses orteils, qui ne s'accommodaient plus de ses vieilles bottines de cuir avec cette chaleur, lui avait affirmé qu'elle trouverait de quoi remplacer ces bourrelles dans un magasin récemment ouvert dans la rue Laganne.

— Tu verras, en allant vers le pont Neuf, pitètre à deux cents mètres. Y en a *besef* di chaussures de toile, avec la bride que tu peux te la régler. Et pas cher !

Madame Hernandez avait remercié Farida du renseignement. Ce temple de la chaussure populaire lui paraissant situé à portée de ses moyens physiques, elle avait décidé d'aller jusqu'à la rue Laganne pour juger elle-même de la qualité des mirifiques sandales à bride réglable. Elle trouverait bien un petit quart d'heure, au retour, pour aller au cimetière des Rapas afin de présenter ses acquisitions à son Anselmo défunt.

En conséquence, dès quatre heures de l'après-midi, elle avait commencé à rentrer les cageots exposés sur les tréteaux devant sa boutique. Au bout de trente-cinq ou trente-six années de cet exercice, c'était une corvée qu'elle accomplissait machinalement. Suivant une technique bien rodée; d'abord les caissettes d'agrumes, oranges et pamplemousses, qui ne craignaient pas trop les chocs, et que leur gabarit permettait de caser entre les deux étagères de sa petite épicerie, sel, sucre, farine, pâtes, levure Alsacienne et café à moudre; par-dessus, elle empilait les légumes plus rustiques, poireaux et navets, avant de terminer son échafaudage par les salades et les tomates. Il ne lui restait plus qu'à manipuler les quatre volets de bois peints en gris, qu'elle assurait péniblement sur un repli de son ventre pour les monter à hauteur des crochets qui hérissaient le haut de la vitrine. Un grondement sinistre l'arrêta une seconde, alors qu'elle pendait le troisième volet. Le temps qu'elle sorte de l'échoppe le quatrième vantail, celui qui paraissait toujours le plus lourd à ses reins fatigués, les premières gouttes de pluie claquaient déjà sur le trottoir poussiéreux. Elle se mit en trottant à couvert, maugréant, avant d'avoir pu assujettir les barres de fer à cadenas. Chahutés par le vent d'orage, les panneaux de bois valsaient au bout de leur piton comme des ailes de moulin hésitant à se déplier.

Madame Hernandez, piquée sur son seuil, comprit sur-le-champ que la pluie, qui tombait maintenant à seaux, lui interdirait pour aujourd'hui l'achat des sandales magiques et sans doute aussi son habituelle visite à Anselmo.

En été, sur Toulouse, le tonnerre et la foudre semblent toujours descendre des Pyrénées avec la majesté d'un ouragan de montagne. Pare-brise brouillés, jaillissements de flaques sous leurs roues, les automobilistes ralentissent ou s'arrêtent au ras des caniveaux transformés en torrents. Les piétons surpris se précipitent dans tous les abris proches.

Aussi madame Hernandez ne s'étonna-t-elle pas de l'irruption des deux hommes qui se ruèrent dans la boutique. Bousculée sans même une excuse, mécontente parce que c'était dans sa nature et hargneuse parce que ses projets étaient à l'eau, elle tourna le dos à la rue et fit face à ces réfugiés de l'orage qui s'égouttaient en riant sur ses conserves à grands moulinets de bras nus.

— Vous ne pouvez pas rester ici, dit-elle, abrupte. J'étais juste en train de fermer.

— Vous en faites pas, dit l'un des hommes. On

n'a pas l'intention de vous acheter quelque chose. Vous pouvez fermer si ça vous chante.

Il avait parlé doucement, mais sa voix précise et traînante était aussi audible, malgré le tumulte de la pluie, qu'une persienne qui claque dans le silence de la nuit ; et presque aussi inquiétante. L'épicière le reconnut. C'était le garçon brun qui lui devait déjà des mille et des cents, et qui ne la payait pas plus que sa *puta* blonde. Sous sa frange lustrée par l'averse, ses petits yeux la fixaient méchamment. Elle eut peur.

— Sortez tout de suite, cria-t-elle.

Paulo avait eu une rude journée. Non sur le plan physique ; levé à dix heures, sorti à onze, il s'était paisiblement promené jusqu'à son café habituel sur la place du Fer-à-Cheval. A peine cinq cents mètres de marche. Mais, au moral, il se sentait abattu. Il n'avait aucune nouvelle de la façon dont évoluait la situation, à Villefranche. Depuis l'article paru dix jours plus tôt dans *La Dépêche*, relatant les suicides de Roger Caretoux et de Vergelas le concierge, la presse était muette. Personne n'avait tenté de contacter Edith, qui, entre parenthèses, lui avait fait une scène quand elle avait appris par le journal comment il avait œuvré, à Villefranche, au succès de leur entreprise. Depuis, elle boudait, avec un entêtement teigneux ; elle ne lui adressait plus la parole que pour lui reprocher de ne rien faire pour améliorer les finances du ménage, qui battaient de l'aile. Elle surveillait son sac à main, seul coffre-fort en sa possession, au point de le cacher sous son oreiller pendant la nuit : ce matin encore, elle avait refusé de lui donner assez d'argent de poche pour ses cigarettes et son apéritif quotidien au Fer-à-Cheval. S'ils n'avaient eu tous deux besoin l'un de l'autre pour la réussite de leur plan, peut-être l'aurait-elle purement et simplement jeté dehors. C'était la seule réflexion qui rassurait Paulo. Elle ne pouvait pas se passer de lui. Malheureusement pour l'affirmation de sa prééminence virile, il pouvait encore moins se passer d'elle. Cette dépendance l'empêchait de heurter Edith de front, de lui arracher de force ses économies ou de la bousculer assez brutalement, comme il avait chaque jour dix fois envie de le faire et comme l'eût fait un véritable dur.

A dire vrai, Paulo avait certainement la mentalité d'un maquereau, mais il manquait, au moment de lever la main pour frapper, de la détermination nécessaire, lorsque sa victime risquait de se rebeller avec quelque chance de gagner.

Ce matin, quand Edith l'avait regardé froidement en lui affirmant qu'elle ne lui donnerait plus d'argent de poche tant qu'ils ne toucheraient pas au but, elle avait ajouté, méchamment :

— Pour le moment, je gagne tout juste de quoi payer mon loyer et acheter de quoi manger.

Estime-toi heureux d'être logé et nourri. Pour le reste, tu n'as qu'à te débrouiller, comme tu le faisais avant de me connaître. Et ne viens pas essayer de me parler d'amour. Je ne te croirai plus.

Furieux sans pouvoir même oser le montrer, Paulo était parti mains dans les poches pour sa tournée de traîne-savates, à travers les rues torrides du quartier Saint-Cyprien. Le bar où il avait ses habitudes était vide à son arrivée et il avait dû attendre plus d'une demi-heure, devant une anisette qu'il n'avait pas de quoi payer et derrière un journal ramassé sur le comptoir, la venue d'un de ses compagnons de farniente. Toute honte bue, il avait pleuré misère auprès de ce nervi, un nommé Justin, bien connu des services de police pour sa notoire incapacité à réussir les coups qu'il tentait de réaliser. Justin, qui sortait d'un séjour de quatre ans en centrale, s'était montré un véritable ami : désargenté lui aussi, il avait proposé d'apporter à Paulo son aide pour occuper l'après-midi de façon rentable. Ils étaient vite convenus qu'attaquer un petit commerçant du quartier, façon rackett américain, quoique d'un faible rapport, serait aussi sans grand danger. Deux heures de discussion leur avait permis de tomber d'accord : l'échoppe de fruits et légumes de la mère Hernandez paraissait la cible rêvée; surprise à l'heure de la fermeture, la vieille serait suffisamment terrorisée pour ne pas oser porter plainte; la recette permettrait d'éponger pour deux ou trois jours les frais de boissons et de tabac.

Pris de vitesse par l'orage, les deux hommes avaient failli trouver le magasin bouclé ; mais, Dieu merci, la pluie qui vidait les rues devenait leur alliée. Leur petit cinéma n'aurait pas de témoin.

Pourquoi donc fallut-il que leur victime fasse preuve d'autant de mauvais vouloir ?

— Sortez tout de suite ! avait-elle crié.

Paulo comprit qu'elle avait peur, mais qu'elle était déterminée à ne pas se laisser faire. Il soupira, écœuré par cette manie qu'avaient les faibles de se défendre au lieu de céder. Au fond, ils étaient seuls responsables de ce qui risquait de leur arriver.

D'un coup d'œil, il apprécia la situation. Justin, qui s'était vivement coulé entre la femme et la porte donnant sur la rue, était de taille à empêcher leur proie de sortir pour appeler à l'aide. D'ailleurs, personne n'entendrait quelque chose dans le tumulte de l'orage.

— Madame Hernandez, dit-il, vous n'avez pas intérêt à jouer au petit soldat. Vous pourriez vous réveiller à l'hôpital.

— Voyou ! lui cracha-t-elle sous le nez, n'écoutant plus que sa colère.

Paulo voulut avancer une main vers la gorge de la vieille dame. Vus de près, ces fanons blêmes croulant sous ce cou suiffeux le dégoûtaient et l'attiraient en même temps. Une espèce de délire qu'il ne cherchait pas à maîtriser.

— Ne me touche pas, cria-t-elle, je te connais et je sais où tu habites ! je t'enverrai la police !

De la porte, Justin ricana de la stupidité de cette menace. Cette idiote d'épicière venait de se condamner à mort. Paulo pensa sans doute de même. Devenu enragé, il fit un pas de plus. Il était tout contre cette folle qui ne voulait rien comprendre. Son odeur mêlée, de sueur, de vieux linges négligés, de légumes douceâtres, lui fit abandonner toute prudence. Il ne perçut pas le mouvement que fit madame Hernandez pour saisir au hasard, derrière son dos, une bouteille sur l'étagère d'épicerie. Pas plus qu'il ne vit le litre de vinaigre d'alcool brandi au-dessus de sa tête.

Il vacilla en arrière quand le verre éclata contre son crâne, puis hurla au moment où le vinaigre mélangé au sang vint lui brûler les yeux.

Quelques secondes durant, cette scène de grand-guignol se figea, les trois personnages submergés par des sentiments simples, la stupeur, la peur et la rage.

Madame Hernandez crut peut-être qu'elle avait terrassé le dragon et commit l'erreur de se jeter vers la sortie. Elle avait oublié d'un coup tout son courage, la pluie qui crépitait sur le trottoir, à trois mètres d'elle, et le deuxième homme dont elle distinguait à peine la silhouette à contre-jour. C'est lui qui, des deux paumes, la poussa à la renverse sur les cageots qu'elle avait empilés cinq minutes plus tôt. Etourdie, elle chuta douloureusement au milieu des tomates écrasées, dans un fracas de petit bois. Sa tête porta sur le pied d'une étagère et elle s'évanouit.

Elle ne se rendit pas compte que l'agresseur qu'elle avait blessé à coup de bouteille, visage torché d'un revers de bras, se ruait sur elle, ni qu'elle gémissait sous les chocs d'une chaussure contre ses côtes ; quand la pointe du soulier l'atteignit à la racine du nez, elle cessa de gémir.

Justin arracha Paulo écumant à ses ruades de fou.

— Ça va comme ça, elle a son compte ; prenons les sous et foutons le camp.

Les deux malfrats arrachèrent au tiroir du comptoir les rares billets et pièces de monnaie qu'il contenait. Le sac à main de plastique à bandoulière accroché à un dossier de chaise, derrière le comptoir, retourné à la va-vite, ne leur livra que deux billets supplémentaires.

— Un peu moins de six cents balles, souffla Justin déçu. Tu parles d'un holdupe !

Ils jaillirent sur le trottoir au moment où passait sur la chaussée, dans une grande éclaboussure, une voiture qui cherchait à rattraper le temps perdu. La pluie commençait à se calmer. Les gouttes n'arrivaient pas à laver le visage de Paulo, auquel le sang dessinait un masque de diable rouge.

— Planquons-nous pendant quelques jours, décida Justin. Des fois que la vieille ne soit pas tout à fait morte. Ciao !

Sans souci des flaques, il partit en trottant vers le pont Saint-Michel, laissant son équipier devant la boutique de fruits et légumes, dont les volets de devanture pendaient tristement de travers.

La compagne de Paulo sortit tard du salon de coiffure où elle travaillait, de l'autre côté du pont Neuf, sur la rive droite de la Garonne. Toute la journée, malgré le harcèlement des clientes rarement satisfaites, elle n'avait pu penser à autre chose qu'à l'évolution malheureuse de ses rapports avec son amant. Elle avait fini par se convaincre qu'il n'était pas seul coupable de cette détérioration ; honnêteté intellectuelle ou faiblesse de femme plus âgée, soucieuse de ne pas perdre celui qui serait peut-être son dernier compagnon ? Elle avait résolu de se montrer avec lui, ce soir, plus compréhensive et même, s'il le fallait, plus amoureuse.

Elle était fatiguée, mais le choix qu'elle avait fait avait remonté son moral. L'orage de l'après-midi était passé. Elle décida de rentrer chez elle au plus vite. Elle grimpa allègrement dans l'autobus Capitole-La Fourguette, qui traversait le pont Saint-Michel et empruntait ensuite la route de Foix. Quand elle en descendit, à l'arrêt du Fer-à-Cheval, elle était presque pimpante. Elle remonta d'un pas vif la rue Sainte-Lucie, tourna au coin du cimetière et traversa la rue des Arcs si imprudemment qu'une voiture un peu trop pressée fit un écart pour l'éviter; à peine entendit-elle le bruyant dérapage des pneus sur la chaussée encore mouillée et les insultes lancées par le conducteur furibond. Au coin de la rue, l'échoppe de la vieille Hernandez était en cours de fermeture. La femme se félicita, presque inconsciemment, d'avoir chez elle de quoi concocter un dîner. Elle espérait seulement que Paulo aurait pensé à acheter du pain.

Non seulement il ne s'en était pas soucié, mais il n'avait même pas appuyé sur le commutateur de l'entrée. Les jalousies baissées ne laissaient filtrer qu'assez de lumière pour faire luire la vieille glace de l'armoire. Assez aussi pour distinguer une masse sombre étalée en travers du lit. La lumière crue du plafonnier révéla un spectacle d'horreur : la toile cirée, sur la table, était maculée de taches rouges, qu'on eût dit étalées du bout des doigts. Et la blancheur du couvre-lit s'arrêtait bien en dessous du traversin, à hauteur des épaules de Paulo, allongé à plat ventre; le coton avait bu le sang qui coulait de son crâne et poissait ses cheveux trop longs.

Elle n'eut pas le temps de penser qu'il était mort. Un gémissement continu, comme un couinement de ventilateur électrique, indiquait suffisamment que sa blessure ne l'avait pas plongé dans le coma.

Les bonnes résolutions qu'elle avait prises au cours de sa journée de réflexion n'avaient pas assez attendri le cœur d'Edith pour la rendre capable de s'évanouir. Son tempérament, formé par des années d'épreuves, la poussait à réagir avec efficacité. Elle s'approcha du blessé, estima de l'œil, de tout près mais sans le toucher, l'importance des entailles du cuir chevelu. Elle ne perdit son calme que lorsque Paulo tenta de se retourner sur le dos : elle fronça le nez, écœurée par l'odeur de vinaigre qu'il dégageait.

Elle retira tranquillement sa robe et ses bas, avant d'enfiler un peignoir de tissu-éponge. Elle détailla, en faisant la moue, le contenu de l'armoire de toilette qui n'offrait qu'un mince rouleau de coton hydrophile et un flacon d'alcool à 90°. Elle saisit une éponge et deux serviettes sur le lavabo pour compléter sa panoplie d'infirmière, et entreprit enfin de soigner son homme. Elle n'y mettait pas beaucoup de douceur, furieuse que le sang n'arrêtât pas de sourdre des plaies. Furieuse aussi que Paulo, manifestement conscient, se laissât manipuler comme un mannequin.

— Il va falloir appeler un docteur pour te recoudre, dit-elle avec ressentiment.

Le moribond ouvrit un œil affolé :

— Pas de toubib ! Surtout pas ça !

— Dans ce cas, prévint-elle, je ne garantis rien.

Avec plus de sadisme que de tendresse, elle arrosa les blessures d'alcool, insensible à ses cris et à ses insultes. Quand il fut à peu près calmé, elle le fit asseoir et lui confectionna un turban protecteur, coton et serviettes serrés autour du crâne par un bas. Le poil mal rasé, les yeux creusés de souffrance et le teint mat faisaient un tel contraste avec cette coiffure digne d'un cheikh d'Hollywood qu'elle rit, nerveusement.

— Je suis content que ça t'amuse, grinça Paulo.

— Ça ne m'amuse pas. Comment as-tu pu te faire abîmer à ce point?

— Je te le dirai peut-être demain, grogna le blessé en posant avec précaution la tête sur le traversin. C'est une longue histoire et je suis à moitié mort. Laisse-moi dormir. Et surtout, je le répète, pas de docteur!

La nuit passa donc sans qu'Edith ait entendu le récit des derniers exploits de son compagnon. Au matin, elle était fatiguée d'avoir si mal dormi, sans cesse bousculée par un Paulo agité et fiévreux. Quand elle l'eut réveillé, décidée à le confesser, elle n'eut aucune pitié devant son visage creusé et son regard fuyant. Le pansement était extérieurement sec. L'hémorragie s'était donc tarie. Elle l'obligea à parler.

Son histoire la ramena aux pires jours passés avec lui à Villefranche. Un instant elle eut la tentation de se jeter dehors et d'aller prévenir la police. Mais il n'eut besoin que d'un regard menaçant pour lui rappeler qu'elle risquait tout autant que lui. Elle se prépara en silence pour sa journée de travail, essayant de dresser un plan de sauvetage. Juillet touchait à sa fin ; d'après ce qu'ils avaient tous deux calculé, c'était en août que leur entreprise connaîtrait le succès. Ils attendraient donc discrètement le jour de la réussite.

— Ne bouge pas de l'appartement, dit-elle en sortant. Je vais me renseigner sur les suites de ta brillante expédition d'hier. Je t'ai préparé quelque chose à manger à la cuisine.

Le soir, quand elle rentra et qu'elle trouva Paulo migraineux mais somme toute en état satisfaisant, elle lui exposa sans ménagement ce qu'elle avait décidé :

— Tout le quartier ne parle que de votre descente d'hier chez la mère Hernandez. Ce qui n'est pas rassurant, c'est qu'elle n'est pas morte. Un client a vu la porte ouverte et a donné l'alerte. La vieille dame est à l'hôpital Saint-Jacques, encore dans le coma. Si elle en sort, il n'est pas certain qu'elle se souviendra assez de toi pour donner ton signalement, mais on ne sait jamais. Il faut que tu restes caché ici. Tu sais bien que dans deux ou trois semaines nous aurons les moyens de filer tous deux ailleurs. Quinze jours, ce n'est pas la mer à boire. Je te soignerai, tu guériras et nous serons prêts pour la gloire !

13

Cette dernière décade de juillet fut marquée par un certain immobilisme de la part des gendarmes de Villefranche. Ils s'échinaient à étudier l'énoncé de leur problème, qui consistait à retrouver les coupables de trois meurtres, et enrageaient de manquer des données indispensables. Vergelas, le concierge, eût pu les éclairer sur la vie ordinaire du jeune Roger Caretoux, mais Vergelas était mort. Roger détenait peut-être des précisions sur la subite fortune de son père, cause possible de ces assassinats, mais le garçon avait été contraint au silence. Quant à Benjamin Caretoux, première victime de cette hécatombe, il n'avait rien laissé, chez lui ou auprès de ses proches, qui pût ouvrir une piste aux enquêteurs; du moins ceux qui l'avaient occis avaient-ils pris la peine et le temps d'effacer toute trace.

A l'exception tout de même du morceau d'enveloppe découvert par Jegou dans la poubelle du pavillon aux corneilles.

La première démarche de Combes fut donc de prendre contact avec le notaire. Il connaissait bien maître Delgayroux pour avoir, deux ans auparavant, longuement enquêté sur les mystères qui avaient endeuillé sa famille. Il ne doutait pas que le tabellion eût gardé de l'affaire un souvenir douloureux mêlé à une certaine estime pour le doigté manifesté à l'époque par les autorités. Pourtant, le coup de téléphone donné à l'étude du notaire à Villeneuve le laissa sur sa faim. Maître Delgayroux et sa femme étaient en vacances dans le Midi, sans avoir donné d'adresse où l'on pût les joindre. A La Giberne, la maison de famille des Delgayroux à Saint-Rémy, on n'en savait pas davantage, sinon que le maître de maison avait annoncé son retour pour le 31 juillet.

Il fallait donc attendre jusque-là pour tenter d'arracher aux dossiers de l'étude les secrets concernant l'enrichissement imprévu de Caretoux ainsi qu'un audit des biens de Théobald Morel. L'adjudant, malgré son manque d'enthousiasme, ne voulait pas négliger la possibilité que le patron de l'aéroclub eût supprimé son employé pour faire face à de graves revers financiers. Encore que cette culpabilité n'expliquât en rien l'assassinat du collégien.

Dieu merci, Combes avait en main deux éléments qui donnaient matière à recherches, le cadre vide estampillé « Studio d'Art, place Notre-

Dame » et la photographie de la famille Caretoux donnée à Claire par les cabaretiers de Toulonjac.

Après avoir accompagné Morel à la morgue et l'avoir regardé pleurer devant le cadavre de son fils, il était rentré chez lui fatigué et sombre. Contemplant longuement l'image qui avait tant excité Berthier, il n'avait pu se résoudre à prendre parti. La femme de papier, visage clair, souriant et même un peu aguicheur, pour vaguement familière qu'elle lui parût, ne ravivait pas chez lui le souvenir des traits entrevus deux secondes à peine entre deux pare-brise, crispés dans l'attente de l'accident.

Le lendemain, il essaya de clarifier ses pensées en présence de Berthier.

— Comment une femme morte dans un sanatorium des Pyrénées voilà plusieurs années aurait-elle pu nous apparaître il y a un mois ? La vérité est que nous avons vu, ou cru voir, dans le véhicule qui nous a télescopés une femme blonde et un homme très brun. Point. Croire les reconnaître est humain, mais ça reste du domaine des vœux pieux.

— Pour l'homme, rêvassa Berthier, je veux bien admettre qu'il soit mort puisque tout semble l'identifier dans votre dépouille de Toulonjac. Mais vous n'avez aucune preuve du décès de sa femme.

Combes daigna se montrer troublé. Un coup de

téléphone à la mairie de Toulonjac lui permit de faire le point exact de la situation : les actes d'état civil du village faisaient état de la naissance de Suzanne Bouzac, le 28 juin 1930; une surcharge indiquait que cette Suzanne Bouzac avait épousé Benjamin Caretoux le 12 décembre 1952. Rien de plus. Rien qui indiquât son décès. Au regard de la loi, cette femme était toujours vivante.

— Admettons que Suzanne Caretoux soit toujours vivante et qu'elle ait quelque chose à voir avec cette série de meurtres. Elle n'était pas seule! Quelqu'un a bien dû les remarquer, elle et son compagnon. Ils ont bougé, ont pris des repas au restaurant. Ils ont dormi quelque part!

— Je suis encore encombré de cet appareil pour une semaine, cracha « Une Gaulle » en balançant son plâtre avec autant de haine que de dégoût. Mais je suis assez valide pour aller questionner tous les hôtels et les bistrots de Villefranche sur ces deux lascars.

— Très bien. Vous commencerez par le Studio d'Art de la place Notre-Dame. Faites faire un agrandissement de cette photo et demandez au patron s'il se souvient d'avoir vendu ce cadre, qui contenait à mon avis le portrait de la belle Suzanne. Quand vous aurez les tirages, vous pourrez entamer votre tournée des grands ducs.

Berthier se leva avec entrain, souriant pour la première fois depuis un mois. Il était si enthousiaste qu'il pêcha dans la poche gauche de son pantalon une Gauloise fripée qu'il se mit à téter avec délectation, sans même s'excuser. Ce n'est qu'après l'avoir allumée qu'il croisa le regard de reproche de Combes.

— Pardonnez-moi, mon adjudant, dit-il en soufflant vers le plafond un cumulo-nimbus de fumée bleue, c'est plus fort que moi ! Sans cigarette, mon bonheur ne serait pas complet. Me lancer sur cette piste me donne des ailes !

— Du calme, mon vieux. Nous n'avons peut-être qu'un bout du fil. Il nous faudra de la patience pour réunir des témoignages indiscutables. L'idéal serait de retrouver aussi la trace du bonhomme qui accompagnait cette aventurière. Après tout, c'est lui qui tenait le volant quand ils nous ont emboutis. Et ça ne peut pas être Caretoux, rappelez-vous !

Cet après-midi-là, la réunion de travail regroupant Ronsard, Berthier et Combes n'apporta pas de quoi entretenir l'espoir d'une avancée significative dans leur enquête.

Au Studio d'Art, dont il avait réclamé le propriétaire à cor et à cri, Berthier s'était heurté à l'incompétence hautaine d'une jeune femme qui semblait se croire promise à une carrière de vedette de cinéma. Attentive au maintien sur son crâne d'une choucroute à la Bardot, elle avait toisé l'importun en lui signifiant que « monsieur Roumiac œuvrait à un mariage dans un village proche » et qu'« il fallait repasser le lendemain » pour le rencontrer. Le gendarme avait écrasé son mégot sur le dallage immaculé du magasin d'un talon furibard, avant de menacer monsieur Roumiac des pires sanctions s'il s'avisait d'être encore absent lors de sa prochaine visite.

Ronsard avait paru surpris d'une telle excitation. Combes avait seulement hoché la tête. L'absence du photographe, conjuguée à celle du notaire, leur faisait perdre du temps. Fallait-il voir dans ce retard un signe les avertissant qu'ils s'engageaient dans une traque inutile? Quelque chose lui disait pourtant qu'ils étaient dans la bonne direction. Intuition ou sensation de béatitude parce que ses côtes le faisaient de moins en moins souffrir?

— Ne vous attendez pas à ce que le patron du Studio d'Art arrive à vous satisfaire, soupira-t-il. Le cadre et la photo que vous allez lui montrer datent d'une époque où sa boutique appartenait aux Lacantour[1]. Après l'assassinat du mari, sa veuve, Mariette, a vendu son fonds à ce Roumiac. Il n'est pas certain qu'il ait gardé les négatifs et les archives de son prédécesseur. Ne le brusquez donc pas. Qu'il nous fasse au moins une bonne copie agrandie de la photo de famille.

— Il y a une chose que je ne comprends pas,

1. *L'Enigme de Ravejouls, op. cit.*

s'interposa Ronsard. Je peux admettre que votre Suzanne Bouzac ait tué ou fait tuer son ancien mari, vengeance ou appât du gain puisqu'il avait soi-disant fait subitement fortune. Mais pourquoi aurait-elle, de près ou de loin, pris part à l'assassinat de son fils? Plus encore, du concierge?

— Je n'en sais rien, pour le moment. Ça me paraît un peu difficile à imaginer. Mais croyez bien que ces trois meurtres sont liés. A moins que vous ne me prouviez que ceux qui se sont déroulés au collège ont un autre auteur que celui de Toulonjac?

Le chef hésita quelques instants, comme s'il craignait d'être taxé de légèreté :

— Justement, se décida-t-il, il se peut que j'aie décroché un renseignement intéressant. J'ai eu ce matin une longue conversation avec monsieur Monluc, le principal. Ce bonhomme est toujours bouleversé par ce qui est arrivé dans son collège. Il se voit déjà en butte aux sanctions de son inspecteur d'académie ou du ministère. Il m'a même avoué qu'il s'attendait à être muté disciplinairement dans le pire établissement de France, voire à être mis à la retraite. J'ai essayé de lui remonter le moral en lui affirmant que nous ne le tenions pas pour suspect. Je le crois brave homme, un peu trop embourgeoisé dans son fromage, qu'il grignote depuis plus de onze ans, en s'accrochant à Villefranche dont son épouse est originaire. Mais je ne vois pas ce qu'il aurait gagné à la mort du jeune Roger, et encore moins à celle de son concierge, en répandant par-dessus le marché cette histoire de mœurs qui ne peut que nuire à la réputation de la maison. Bizarrement, d'ailleurs, Monluc paraît plus chagriné par la mort de Vergelas que par celle de son petit pensionnaire.

— S'il connaissait le vieux bonhomme depuis onze ans, il est normal qu'il s'y soit attaché. J'ai entendu dire que sous des dehors de vieux soldat scrogneugneu c'était un grand-père gâteau avec les élèves.

— Grand-père, je ne sais pas. Oncle, oui, à ce que m'a confié le principal. Il paraît que le sieur Vergelas avait un neveu particulièrement encombrant, fils de son frère mort en Indochine. Un nommé Paul, qui doit avoir vingt-sept ou vingt-huit ans et qui avait déjà mauvaise réputation quand il était élève du collège, au début des années cinquante. Il aurait été renvoyé pour brutalité envers un camarade plus jeune et pour chapardages répétés. C'est l'oncle qui a sauvé le jeune voyou des poursuites judiciaires que voulait engager la famille du camarade, assez sérieusement blessé. Il a fait entrer le délinquant dans un collège à la discipline musclée, qui a semble-t-il réussi à l'empêcher de nuire jusqu'à dix-huit ans. Après quoi le jeune Paul a pris son vol pour une existence qu'il est préférable, m'a dit Monluc, de ne pas connaître en détail. Il est revenu plusieurs fois depuis dix ans chez son oncle, pour des séjours brefs et toujours causés par des besoins financiers. Sans en être tout à fait sûr, le principal croit se souvenir avoir vu le garçon sortant de la loge du brave Vergelas vers la mi-juin. C'est peut-être une piste, mais il faut d'abord que je découvre où et de quoi vit ce neveu peu recommandable.

— Avez-vous une idée de ce à quoi il ressemble ?

— Il n'a pas beaucoup changé d'allure depuis son départ du collège, d'après Monluc, qui a promis de me donner la photo de groupe de la dernière classe de Paul Vergelas à Villefranche. L'homme qu'il est devenu est de taille moyenne, très râblé, très brun de poil, avec un visage de brute dont on remarque surtout le front bas et le regard noir et mobile. C'est ce signalement surtout qui m'a alerté, tant il ressemble à celui que nous a donné l'ami Berthier.

— Seigneur, exulta ce dernier, si je pouvais tenir ce salopard !

Combes avait écouté le compte rendu de son adjoint avec une excitation qui faisait naître des picotements de bon augure sous son plâtre. Tenaient-ils un autre suspect ? Celui-ci semblait s'insérer dans le puzzle, du moins en sa partie urbaine. C'est Berthier, dans son enthousiasme plein d'illogisme, qui proposa une solution unique à leurs problèmes :

— Paul Vergelas et Suzanne Caretoux-Bouzac

se connaissent assez pour avoir organisé et exécuté nos trois assassinats, voilà la vérité !

Il en riait tout seul de contentement. Le maréchal des logis-chef et l'adjudant en rirent aussi, de bon cœur, comme des adultes amusés par une bourde d'enfant lâchée au milieu d'une conversation sérieuse. Prêts à revenir à la logique et aux arguments soupesés. Quand même, l'exclamation de Berthier ouvrait de nouveaux horizons. Combes se rappela le sourire en coin de son grand-père quand il l'emmenait pêcher au bord de la Cère.

— Les feignants trouvent toujours les coins à l'ombre avant les travailleurs !

Devant l'air ahuri de Ronsard, il se rendit compte qu'il avait cité son aïeul en patois. Encore souriant, il traduisit pour le Tourangeau.

— Il ne faut pas négliger les options de ceux qui préfèrent le plus court chemin, interpréta-t-il. Leur désir d'aller vite les pousse à la synthèse. De toute façon, enquêter sur le passage à Villefranche de Paul Vergelas, photo à l'appui, ne nous empêchera pas de chercher des preuves sur la visite qu'aurait pu nous faire madame Caretoux. Berthier voulait s'en charger seul mais je pense que vous pourrez mettre là-dessus quatre ou cinq de nos hommes. Pensez à questionner autour de la gare, les guichetiers sont généralement observateurs ; et n'oubliez pas qu'il existe quelque part une camionnette, dont il a fallu faire le plein et dont la calandre est certainement bosselée. A l'origine, elle était peinte en jaune et bleu roi, comme celle de Caretoux. Ça n'est pas un véhicule qui passe inaperçu. Allez, Ronsard, la chasse est ouverte. Lâchez les chiens.

Quand il raconta à sa femme comment s'était passée cette réunion de grosses têtes, Combes fut étonné du manque d'enthousiasme de Claire.

— Je trouve que vous vous emballez bien rapidement. Vous n'êtes même pas certains que le neveu du concierge ait été présent à Villefranche. Vous ignorez totalement s'il connaissait votre femme fatale. Quand tu as questionné le père Vergelas, le jour de la découverte du cadavre du gosse, il ne t'a pas mentionné le passage en ville de son neveu. Pourquoi ce dernier aurait-il supprimé son oncle qui était pour lui source de revenus ? S'il suffit de trouver un homme de taille moyenne au front bas et de poil noir, pour tenir un suspect, je te ferai remarquer que c'est le signalement d'un bon tiers des hommes du pays ; tu en trouveras même chez tes gendarmes.

Claire n'était que rarement aussi peu enthousiaste. Son mari préféra ne pas envenimer cette confrontation. D'ailleurs, il était obligé d'admettre le bien-fondé des réticences de sa femme. Peut-être pouvait-il suivre ce début de commencement de piste, qui n'était pour le moment que pure intuition, mais il devrait quand même réunir quelques preuves ou témoignages de la présence du dénommé Paul aux dates critiques. Et accessoirement de sa ou de ses rencontres avec Suzanne Caretoux.

— Sans doute as-tu raison de nous reprocher notre légèreté, composa-t-il. Je suis prêt à accueillir toute autre idée, s'il t'en vient une. En attendant, nous ne pouvons creuser que celle que nous avons.

Claire secoua la tête, partagée entre son impatience et son envie de faire la paix. Elle adorait la discussion, et la capitulation quasiment sans combat de son Joseph, habituellement pugnace, la déconcerta. Elle le regarda un instant en fronçant les sourcils, se demandant si l'accident qui l'avait envoyé à l'hôpital n'avait pas déréglé son raisonnement et miné son entêtement, autrefois une de ses qualités maîtresses.

— Bien sûr, il faut continuer à creuser, dit-elle. Si tu veux, je me chargerai du photographe. J'ai justement pensé lui faire faire un portrait de Robert et de Thi-Ba.

— Berthier sera furieux que tu lui confisques le plaisir de rechercher nos agresseurs. Je crois qu'il en fait une histoire de vengeance.

— Justement, il est prêt à reconnaître n'importe qui. Il sera beaucoup trop brusque avec ce malheureux Roumiac ; si celui-ci a la tête près du bonnet, il prétendra qu'il a détruit les archives amassées par son prédécesseur. Nous n'en serions pas plus avancés.

De combatif, le ton de Claire s'était fait insinuant. Joseph reconnaissait aisément les artifices de séduction habituels, qu'allaient inévitablement suivre quelques émollients accès de tendresse.

— Excellente idée, s'empressa-t-il de répondre. Mais je t'en prie, ne te crois pas obligée de me sauter sur les genoux pour me remercier. Pense à mes côtes !

Trop tard.

Le lendemain, Combes s'était octroyé une journée de repos complet. L'inquiétude qu'il avait devinée dans la voix de Claire n'y était pas pour grand-chose ; physiquement, difficultés de respiration mises à part, il se sentait parfaitement gaillard. Le docteur Pardaillac avait promis de déplâtrer sa jambe blessée à la fin du mois. Tout était donc pour le mieux. Mais il devait s'avouer que le moral ne suivait pas cette embellie. Trouver la solution du triple meurtre qui révoltait l'opinion publique rouergate s'annonçait, après plus de dix jours de tâtonnements, comme un long travail d'enquête. De Rodez, le capitaine Tournayre avait téléphoné, avec une nervosité perceptible, qu'il était en butte aux tracasseries de la hiérarchie et que la brigade de Villefranche était priée, nom de nom, de se secouer pour découvrir une piste sérieuse. La menace d'une intrusion d'enquêteurs parisiens était plus que sous-entendue.

A Villefranche même, l'opinion publique, accaparée à peine quelques jours par la célébration du 14 Juillet, avait mal réagi aux premiers boulets tirés par les journalistes locaux que les « crimes du collège » excitaient au plus haut point. Monsieur Massac, le juge d'instruction, s'était discrètement déplacé jusqu'au domicile de Combes après avoir réussi à semer les correspondants de presse qui assiégeaient son bureau.

— Mon cher Combes, avait-il dit tout net, la veille au soir, je ne vais pas pouvoir vous défendre très longtemps. Le procureur général me harcèle deux fois par jour. Les reporters du *Figaro* et de *L'Express* campent sous mes fenêtres. Le secret de l'instruction, c'est bien beau, mais je dois au moins pouvoir annoncer que vous êtes sur quelque chose de solide. Est-ce le cas ?

Combes avait fermé les yeux avant de mentir effrontément.

— Je crois que oui, monsieur le juge.

Sans doute s'était-il montré convaincant en étoffant la théorie de Berthier. Assez pour soulager momentanément Massac, qui était reparti affronter courageusement ses tourmenteurs, après avoir promis à la brigade son soutien personnel et celui du commissariat de police.

Pour sa part, en se remémorant la hardiesse avec laquelle il avait défendu sa thèse devant le juge, l'adjudant se sentit au bord du gouffre. C'était la première fois de sa carrière qu'il se sentait si peu armé, qu'il engageait la crédibilité de la gendarmerie tout entière sur d'aussi vagues intuitions. Presque machinalement, pour s'empêcher de rêvasser à son avenir sombre, il commença à dresser une liste de bureaucrate des démarches à confier à ses subordonnés : liste des hôtels et garnis, des restaurants et cafés, recherche des camarades de collège du neveu Vergelas, visite des garages et des stations-service, contacts à prendre avec le commissaire Weber, questions aux conducteurs d'autocar, aux commerçants, aux agents de la SNCF.

La maison était silencieuse depuis que Claire, pimpante dans sa robe d'été qui lui donnait l'air d'une jeune fille, avait emmené Robert et Thi-Ba endimanchés au Studio d'Art de la place Notre-Dame. Les enfants n'avaient pas paru comprendre la nécessité de cette séance de portrait. Ils étaient grognons et traînaient les pieds, malgré la bonne humeur affichée par leur mère. Robert avait carrément menacé de tirer la langue au photographe, et Thi-Ba d'attraper le petit oiseau pour le mettre à la casserole.

L'évocation de sa femme aux prises avec ces difficultés annoncées parvint à distraire un instant Joseph de ses ennuis personnels. Etalé sur la table cirée devant son fauteuil, le papier qu'il venait de noircir de pattes de mouche suffit à éteindre sa béatitude.

Il le relut lentement en hochant la tête. Satisfaire à toutes les questions allait demander beaucoup de temps et de travail. Ainsi que pas mal de chance.

14

Justement, la chance parut marquer cette dernière semaine de juillet.

Elle se manifesta d'abord par un événement qui amusa beaucoup madame Combes et qui irrita violemment son adjudant de mari : le sieur Roumiac fut séduit dès le premier coup d'œil par cette délicieuse jeune mère de famille ; au grand dam de sa demoiselle de magasin, qui craignait en permanence de se voir supplantée dans le cœur de son patron jusque-là insensible à ses avances, il déclara à haute voix à sa nouvelle cliente qu'il n'avait jamais admiré visage plus expressif, coiffure à la Claudette Colbert plus seyante et teint plus velouté. Ce Roumiac, au demeurant souriant, bien fait, correctement vêtu, allait vite en besogne et avait peut-être rencontré quelques succès dans ses autres entreprises extra-professionnelles. Peut-être aussi Claire exagéra-t-elle un peu dans la peinture de l'état où elle avait plongé ce jeune photographe. Elle réussit en tout cas à énerver passablement son Joseph.

Comme elle avait réussi à obtenir de Roumiac qu'il fouillât dans les tiroirs pleins de négatifs de Lacantour et dans les vieux livres de caisse de son prédécesseur. Toutes affaires cessantes, il avait passé deux heures à ces recherches avant de mettre la main sur le négatif de la photographie de la famille Caretoux et sur une facture concernant un portrait et un cadre en métal argenté, destinés au même client de Toulonjac. Après quoi, toujours empressé, il avait promis d'apporter au plus vite à la gendarmerie dix tirages de chacune des photos Caretoux et les œuvres d'art immortalisant la famille Combes.

— Tu comprends, avait dit Claire à son mari, j'ai préféré qu'il livre directement à ton bureau. Il voulait venir chez nous, mais je me méfie de ces artistes pleins de zèle. Parce qu'on se montre aimable avec eux, ils s'imaginent que leurs désirs deviennent réalités.

Joseph avait félicité sa femme pour sa perspicacité, mais il l'avait dit avec tant de sauvagerie qu'elle en avait ri sous cape pendant de longues minutes, ajoutant à son agacement.

Le principal était que les photos fussent réussies. Combes fut obligé de reconnaître que ce Roumiac travaillait vite et bien. Comme il l'avait supposé, le portrait qu'avait contenu le cadre argenté de Caretoux était celui de sa femme. Face à ce visage presque distingué, aux joues lisses, aux lèvres minces mais souriantes, aux yeux clairs et gais sous des sourcils finement dessinés et un front haut, encadré d'épaisses mèches blondes, Combes comprenait parfaitement que Morel le play-boy se fût épris du modèle. Il paraissait en tout cas difficile de penser que ceux qui avaient éventuellement rencontré cette femme un mois plus tôt aient pu ne pas la remarquer. Tant mieux pour les enquêteurs.

Dès le lendemain, la voix de Ronsard au téléphone annonça la deuxième manifestation de la chance.

— Mon adjudant, s'excusa la voix pointue, nous avons au bureau la visite d'une dénommée Marie-Louise Gabiou, qui m'a raconté une histoire assez extraordinaire. Je crois que vous devriez l'entendre. Bien que ce ne soit pas réglementaire, puis-je l'amener chez vous ? Elle semble avoir à se plaindre du commissaire Weber qui l'a traitée pardessous la jambe.

La forte femme qui escortait Ronsard ne paraissait pas de celles qui se laissent rebuter aussi légèrement. Boudinée dans une robe sac de toile prune, très certainement coiffée d'une perruque dont les crans roussâtres semblaient dessinés au pinceau sur le front couvert de poudre, bouche méchante sous une moustache conséquente, œil à l'affût, gants de filet beiges qui laissaient voir d'étonnants doigts minces blancs de craie, cette apparition pleine de contrastes évoquait autant la chaisière que la vieille fille portée sur l'alcool.

— Madame Gabiou, commença Ronsard...

— Mademoiselle, coupa le dragon. Si vous devez raconter mon histoire à ma place, ce n'était pas la peine de me faire venir jusqu'ici.

Elle avait une voix de baryton toulousain, chargée de rocaille et d'harmoniques. Une voix à commander un escadron sous les armes, question puissance, ou à remplir une nef de cathédrale.

Combes lui ayant montré une chaise de la main, elle s'assit sans barguigner, posa sur ses genoux ossus un réticule de satin noir à chaînette dorée, et inspecta l'appartement comme si elle en était la nouvelle locataire. Heureusement que Claire était sortie promener les enfants !

Devant l'air contrit de son adjoint, l'adjudant commençait à sourire.

— Eh bien ! dit-il en hôte aimable, il paraît que vous avez quelque chose d'intéressant à me dire, chère mademoiselle.

La demoiselle arrêta son regard sur ce freluquet qui l'apostrophait si familièrement. Elle était toute prête à le mettre au pas quand elle se souvint qu'il était tout de même un personnage important à Villefranche, puisqu'il y commandait la gendarmerie. Le sourire qu'elle s'imposa tenait davantage du rictus du cuisinier affûtant son couteau avant de découper un canard que de l'hésitation polie d'une mondaine.

— Je dois vous avertir que je déteste les interruptions, prévint-elle, avec la majesté d'un professeur menaçant une classe dissipée.

— Croyez que j'en tiendrai compte, affirma Combes en évitant de regarder Ronsard, dont le toussotement inquiétant laissait présager une quinte de fou rire.

La visiteuse enregistra la promesse d'un hochement de son double menton. Tortillant de l'arrière-main sur son siège comme une poule grasse sur le point de pondre, elle jeta aux deux spectateurs qu'elle s'apprêtait à surprendre un regard aussi aigu que la balance du Jugement dernier. A son idée, il était certain qu'ils allaient la décevoir.

— J'ai déjà fait plusieurs fois la même démarche chez cet âne de commissaire de police, commença-t-elle. Evidemment, il n'a rien retenu de ce que je lui ai rapporté. J'ose à peine espérer que vous, du moins, écouterez les renseignements importants que je tiens de la victime même.

— Quelle victime?

Les deux gendarmes, oublieux de la consigne, avaient réagi d'une même voix. Mademoiselle Gabiou n'en parut pas affectée. Elle afficha un sourire de tragédienne, où se mêlaient la tristesse et la satisfaction d'une actrice qui réussit à empaumer son public. Elle ne répondit pas directement.

— Je viens officiellement, dit-elle avec solennité, déposer une plainte contre X pour le meurtre de mon frère Fernand Gabiou.

Etait-elle réellement émue par l'évocation de cet événement, ou avait-elle préjugé de son souffle? Elle se tut en tripotant nerveusement la chaîne de son réticule.

Combes, auquel ce nom de Gabiou ne disait strictement rien, tourna la tête vers son adjoint; Ronsard lui avait-il caché un quatrième assassinat qui aurait été perpétré à Villefranche? Ronsard avait l'air aussi perdu que lui-même. Hésitant, il osa pourtant la contradiction :

— Si je ne me trompe, Fernand Gabiou était cet aide-soignant de l'hôpital qui est mort dans un accident de vélomoteur il y a trois semaines. En arrivant tout à l'heure à la brigade, vous m'avez dit que vous étiez sa sœur, mais vous ne m'avez pas précisé qu'il s'agissait d'un meurtre selon vous.

— Jeune homme, s'emporta la maritorne, je vous rappelle que vous ne deviez pas m'interrompre.

Persuadée que le contrevenant était réduit désormais au silence, elle le statufia d'un regard glacial, tourna résolument la tête vers Combes qu'elle estimait seul digne d'écouter ses explications et se lança dans une longue exposition de sa thèse.

— Tout a commencé, dit-elle, le jour où vous avez été amené à l'hôpital après votre accident.

Mon frère, qui était de service ce jour-là à l'accueil, a vu quelque chose qui l'a intrigué, puis, en sortant, une autre chose qui lui a fait peur. Il ne me cachait jamais rien et il m'a tout raconté...

Elle répéta fidèlement le signalement que son Fernand avait fait de la femme blonde qui s'était enquise du sort des gendarmes blessés, de son trouble et de sa fuite; elle affirma ensuite que la femme avait l'air d'attendre à la sortie de l'hôpital, à demi cachée avec un jeune homme brun derrière une camionnette jaune et bleu. Elle révéla enfin que quelques jours plus tard le même homme avait à nouveau guetté son frère à la fin de son service, qu'il l'avait abordé pour lui enjoindre le silence le plus absolu sur la visite de la blonde, sur la camionnette et sur sa propre démarche, le menaçant de mort s'il en disait un mot.

— Et le lendemain, conclut Marie-Louise Gabiou de sa voix profonde qu'elle n'arrivait pas à colorer de chagrin, ce pauvre Fernand était tué. Et j'affirme que ce n'était pas un accident : il portait toujours son casque, roulait doucement et connaissait chaque pierre du trajet par cœur; comment aurait-il pu se jeter sur un pylône en ciment qui n'était même pas sur sa route?

Son histoire terminée, tassée sur sa chaise, la plaignante n'avait rien perdu de son autorité. D'un œil d'abord étonné, puis de plus en plus courroucé, elle dévisageait l'adjudant, immobile dans son fauteuil, et son adjoint, debout, impassible et muet. Manifestement elle allait exploser, comme si elle s'était attendue à les voir se jeter à la poursuite des criminels qu'elle venait de leur désigner.

Après avoir échangé un regard avec Ronsard, Combes devança l'éclat.

— Avez-vous raconté tous ces détails au commissaire Weber, mademoiselle Gabiou ?

— Exactement, grogna-t-elle, sauf qu'il m'a prise pour une folle. C'est quand même une honte. D'ailleurs, quand j'en ai parlé à l'archiprêtre, à Notre-Dame, il a été de mon avis et il m'a conseillé de venir vous voir.

— Vous connaissez bien le curé Dalmas ?

— Dame ! C'est moi qui tiens l'orgue à la collégiale. Il pourra vous dire que je ne suis pas une menteuse.

— Je suis sûr que ça ne sera pas nécessaire, mademoiselle. Je crois tout ce que vous nous avez confié. Je vous remercie d'être venue nous renseigner. Je peux vous dire que nous rechercherons ceux que vous accusez jusqu'à ce qu'ils soient sous les verrous. Nous sommes certains, grâce à vous, que ce sont des criminels. En allant signer votre dépôt de plainte au bureau, vous voudrez bien répéter à mon adjoint les moindres détails des signalements que vous a faits votre frère des deux suspects. Merci encore.

La joueuse d'orgue parut désarçonnée par ce congé rapide. Peut-être avait-elle imaginé participer immédiatement à l'enquête? Ronsard ne lui laissa pas le temps de s'indigner, cette fois-ci. Sa haute taille et son regard pervenche humide firent forte impression sur la vieille fille. En même temps qu'il lui prenait aimablement le coude pour la relever, il l'encouragea d'une voix suave, dont l'absence d'accent acheva de la subjuguer.

— Accompagnez-moi donc, chère mademoiselle. Allons signer cette excellente déposition à la brigade et laissons l'adjudant se reposer un peu. Vous savez, il souffre encore beaucoup des suites de son accident.

De la porte que venait de franchir une Marie-Louise Gabiou si troublée qu'elle en avait oublié de prendre congé, Ronsard se retourna vers son chef, et lui adressa un clin d'œil du plus mauvais goût avant de disparaître.

Combes tomba des nues. Que son maréchal des logis-chef, qu'il avait jusque-là considéré comme trop guindé, osât se prévaloir d'une telle familiarité le choquait. La seconde suivante, il se demanda si ce n'était pas lui-même, le futur cinquantenaire, qui vieillissait trop vite pour comprendre ses jeunes subordonnés. Il hocha lentement la tête, hésitant à sourire de l'irrespectueuse marque de complicité de son adjoint.

Ce ne fut qu'alors qu'il prit complètement conscience de ce que leur avait apporté leur Antigone villefranchoise. Rien qui constituât une preuve réelle; mais ce témoignage expliquait comment les suspects supposés des meurtres de Toulonjac et du collège pouvaient être confondus avec les conducteurs de stock-car, chasseurs de 203 de gendarmerie. Que Fernand Gabiou eût été victime de ces forcenés parce qu'ils ne plaisantaient pas sur leur sécurité avait quelque chose d'assez terrifiant. Du moins ce quatrième et vraisemblable meurtre s'insérait-il parfaitement dans le puzzle.

— Allô, c'est vous, Combes ?

La voix un peu voilée du commissaire Weber était reconnaissable entre mille. Elle semblait tout de même, ce matin-là, plus animée que d'habitude ; parce qu'il continuait à faire beau ou parce que le commissaire avait une bonne nouvelle à communiquer ?

— Progressez-vous dans votre difficile enquête ? s'enquit la voix avec ce qui semblait être un soupçon de condescendance. J'ai appris par votre adjoint que vous recherchiez la trace du passage en ville d'un couple que vous suspectez. J'ai peut-être quelques renseignements pour vous. Il faudrait que vous passiez me voir au commissariat.

— Merci d'avance, répliqua Combes. Je dois aller me faire déplâtrer ce matin à l'hôpital. J'irai vous voir en sortant. Tout nouvel indice sera le bienvenu.

C'était réellement un jour heureux. Même si son passage entre les mains de Marguerite Bordes, à l'hôpital, ne l'avait pas libéré au point de pouvoir se passer de canne, Combes se sentait allégé, moralement surtout. Le docteur Pardaillac l'avait rassuré sur le retour de son agilité d'antan, qu'il affirmait l'affaire de deux ou trois semaines. Aussi était-il tout souriant quand il pénétra dans le commissariat. Plus sardonique et plus dilettante que jamais, Weber le regarda avec une admiration goguenarde :

— Increvable, hein ? Vous aviez tout pour éviter la responsabilité de l'enquête sur les meurtres du collège et voilà que vous trouvez le moyen de les relier à celui de votre macchabée de Toulonjac. Vous n'êtes pas plus avancé pour ça, mais vous continuez à gratter partout. Toute la presse nationale écrit des tartines sur l'insoluble triple crime de Villefranche. Le maire est furieux de la réclame faite à la ville en pleine saison touristique, le juge Massac, éperonné par sa hiérarchie, s'énerve d'être toujours bredouille, mais vous, vous jouez impassiblement le chasseur patient qui étudie le vent et les mœurs de son gibier avant de charger son fusil. Quelle est votre devise ? « Marche toujours, tu arriveras bien quelque part » ?

— Non, répondit Combes, qui refusait à Weber la satisfaction de le voir s'énerver. Ce serait plutôt : « Accroche-toi, si tu veux gagner. »

— Enthousiasme de jeune homme !

— Je n'ai pas cinq ans de moins que vous !

— Mais encore des tonnes d'illusions que j'ai perdues depuis longtemps.

L'adjudant se contraignit à souffler lentement, retira son képi et s'assit sur une vieille chaise recouverte de moleskine verte, sans y avoir été invité.

— Mon cher commissaire, nous ne sommes pas là pour philosopher sur ma façon de comprendre la vie et le métier. Vous aviez, m'avez-vous annoncé, quelques tuyaux à me donner?

Weber dodelina de la tête, les paupières baissées.

— Je crois vous avoir parlé d'un vol de foie gras chez un commerçant de la place Lescure. Nous avons arrêté quatre voyous avec presque tout le produit de leur razzia. Votre adjoint m'avait signalé que le jeune faux suicidé du collège détenait dans son armoire une boîte entamée sortie tout droit du même Palais de la Cochonnaille. J'ai donc fait ma petite enquête parallèle. Laguépie, le charcutier, ne se souvient pas avoir vu dans son magasin le fils Caretoux. Ni d'ailleurs le père. Par contre, les oiseaux que j'ai mis en cage, et dont Massac instruit encore l'affaire avant leur transfert à Rodez, m'ont affirmé reconnaître le gosse, au vu d'une photo que m'a donnée votre Ronsard. Accompagné d'un nervi local, qu'ils fréquentaient vaguement, il aurait participé aux agapes qui ont célébré la réussite de leur coup.

— Magnifique, dit Combes. Surtout si vos as

de la cambriole peuvent vous donner le signalement et le nom de leur copain du cru.

— Ils ont bien sûr prétendu en être incapables.

— Tirez-leur les vers du nez !

— Ce sont des bourriques sans cervelle mais pas sans principes, renâcla Weber. Je n'ai aucun moyen de les menacer ; ni de leur promettre une clémence qui ne sera pas du goût du tribunal. Par contre, si vous les entrepreniez, avec l'accord du magistrat instructeur, vous pourriez les inquiéter un peu en évoquant le meurtre du gamin.

Le gendarme regarda le policier avec une considération nouvelle. Au fond, pour blasé et nonchalant qu'il se montrât d'habitude, le commissaire était tout aussi passionné que lui-même et son offre de partenariat, vieille d'une quinzaine, était encore d'actualité.

— Si ça marche, dit-il en se relevant péniblement, crispé sur sa canne unique, j'aurai une grosse dette envers vous.

— A charge de revanche, ricana Weber.

15

Le mois d'août commençait comme avait fini juillet. Par un soleil flamboyant et cruel qui donnait aux paysans l'air fatigué et inquiet de ceux qui perdent leurs repères. Les maillots de corps, chemises de drap, ceintures de flanelle, gilets et tricots superposés qu'ils endossaient par habitude suffisaient à leur assurer un confort de moiteur rance, quand ils étaient soumis au climat très tempéré de leurs vallons ombragés où l'eau courait avec fraîcheur ; mais la canicule de cet été rompait avec les traditions. Le thermomètre se précipitait vers des maxima sahariens, l'horizon restait vierge de tout nuage. La terre grasse du ségala se craquelait comme des briques mal cuites et les moissons levaient sous les roues des tracteurs et des machines davantage de poussière de paille qu'à l'accoutumée.

« Si le soleil brûle tes épis, ton grain sera cuit avant d'être farine. »

Ce dicton ressurgi d'un passé oublié, les moissonneurs le répétaient entre eux d'une ferme à l'autre, chapeau de feutre ou casquette sur la nuque, chemise sans col ouverte sous leurs laines, en torchant de l'avant-bras à peine dénudé leur visage cramoisi et ruisselant. Le vacarme trépidant des batteuses, qui faisaient jaillir devant les frontons des granges des trombes de balles et de fétus, interdisait toute conversation dans la 203 des gendarmes. Ronsard, au volant, découvrait avec étonnement ce paysage roussi qu'il n'imaginait pas celui des contreforts sud du Massif central. Occupé à suivre l'itinéraire de petites routes que lui avait fixé l'adjudant avant le départ, entre Toulonjac et Saint-Rémy, il ralentissait à chaque embranchement, sacrant intérieurement contre l'absence de tout poteau indicateur rassurant. Çà et là de petites pancartes laissaient deviner la proximité de lieux-dits aux noms imagés, « Lou Merlet », « Les Cagassous », « Aïgo boulido » ou « Cap dès Canes », qui n'étaient d'aucun secours dans son problème d'orientation.

— Vous prendrez à droite au prochain i grec, lui cria Combes.

L'adjudant paraissait détendu par la promenade et aussi frais de teint et d'uniforme que s'ils s'étaient lancés sur les chemins par un petit matin d'avril.

— Nous rejoindrons la nationale juste avant le

Farrou, précisa-t-il. Saint-Rémy n'est qu'à deux kilomètres à peine. Vous verrez, c'est fléché.

La veille, en fin d'après-midi, Combes avait été averti du retour de vacances de maître Delgayroux. Par téléphone, il avait joint le notaire, qui avait paru ravi de cette reprise de contact, et qui avait proposé d'attendre les gendarmes à La Giberne pour pouvoir débattre tranquillement de leurs problèmes.

— Nous aurons sans doute besoin de consulter certaines de vos archives, avait prévenu l'adjudant.

— Eh bien, nous irons ensemble les chercher à l'étude, à Villeneuve. Vous savez, je ne monte pas à mon bureau tous les jours, maintenant. Je me fais vieux, même si ma mémoire est encore solide. J'espère que je pourrai dégrossir votre affaire sans alerter tout mon personnel.

— Autrement dit, avait grincé Ronsard, l'écouteur à l'oreille, il voudrait éviter que nous tripotions ses dossiers. Peut-être y dissimule-t-il quelque magouille ?

Combes avait tenté de garder son calme pour défendre le vieux tabellion. A grandes lignes, il avait raconté à son adjoint le parcours chaotique de l'enquête qu'il avait menée après la disparition du second fils Delgayroux et le meurtre du troisième.

— Pendant quelques jours, avait-il conclu, j'ai suspecté le notaire d'avoir éliminé ses deux frères, et puis je me suis aperçu qu'il avait été pour eux non seulement ce que doit être un frère aîné mais aussi un modèle de désintéressement et de dévouement. Entendre parler de traficotages de sa part me hérisse le poil. Tenez-vous-le pour dit.

Il n'avait pas pour habitude d'affirmer ses convictions avec autant de verdeur devant ses subordonnés. Pendant quelques secondes, il avait même ressenti une certaine gêne ; Ronsard, après tout, n'exprimait que les doutes légitimes d'un limier aux prises avec des départs de pistes particulièrement nébuleux. Il le lui avait dit, plus tard, une fois son irritation passée, et le chef avait eu le bon sens d'avoir l'air de regretter son humeur soupçonneuse. Ce matin, il ne semblait plus y avoir trace de malaise entre les deux gendarmes.

Combes n'était pas revenu à Saint-Rémy depuis deux ans que l'affaire Delgayroux avait été résolue[1]. Quand il pouvait l'éviter, il ne hantait pas le théâtre de ses chasses anciennes ; il craignait trop de se rappeler ses erreurs de jugement sur tel ou tel personnage, sa pitié cachée pour tel autre, ses propres accès de rage impuissante quand il piétinait, ses imprudences ou ce que son vieil ami Vialatte appelait ses illégalités. Penser à son ancien compagnon d'enquête, pendant que la 203 embouquait la longue et unique rue du village de Saint-Rémy, l'attendrit. Ronsard, silencieux, avait remarqué d'un coup d'œil le sourire rêveur de son

1. *Les Frères Delgayroux, op. cit.*

adjudant. « Décidément, pensa-t-il, rendu prudent par l'algarade de la veille, mon patron a été séduit par ce patelin et ces Delgayroux. »

La route aboutissait à un mur qui rejoignait, à main gauche, la berge d'une pièce d'eau aux airs de grande mare rustique. A droite, entre deux piliers modestes, s'ouvrait une grille ; au-delà, une large cour de gravier bordait une belle maison de maître à étages. En arrière-plan, la tour d'un pigeonnier chapeauté de lauzes occultait la vue sur le versant abrupt où s'adossait tout le village.

— Et voilà, nous sommes à La Giberne !

A la vivacité avec laquelle Combes ouvrit sa portière, et s'extirpa de son siège, encore peu assuré sur sa jambe convalescente et sa canne anglaise, Ronsard mesura sa propre perspicacité. Pas de doute, l'adjudant se sentait en pays ami et serait prêt à prendre pour parole d'évangile tout ce que voudrait bien lui raconter le notaire. A lui, l'adjoint discret, de relever les bizarreries éventuelles et les silences révélateurs que sa méfiance attendait d'un vieil homme de loi campagnard, attaché par définition à défendre les secrets de ses clients.

Debout au soleil à côté de la voiture, admirant malgré ses préventions l'ordonnance simple des massifs fleuris qui s'alignaient au pied de la façade nappée de vigne vierge, il vit s'ouvrir une porte-fenêtre d'où sortit un couple paisible et souriant ; la femme, élégante en robe de toile grise égayée d'un foulard rouge, s'appuyait avec grâce au coude d'un homme massif, au visage coloré, qui devait avoir vingt ans de plus qu'elle à en croire ses rides profondes et sa tignasse blanche.

— Nous sommes contents de vous revoir, dit Isabelle Delgayroux d'une voix distinguée. Entrez donc au lieu de griller au soleil.

— Bien qu'en vacances, avait calmement expliqué le notaire, nous avons lu les journaux. Je ne sais pas si vous vous rendez compte du bruit qu'ont fait dans toute la presse les crimes de Villefranche. On a écrit tout et n'importe quoi sur le collège, sur l'aéroclub, sur le mutisme du juge d'instruction et sur l'erreur qu'il avait faite de vous confier l'enquête malgré votre incapacité physique momentanée. Mais je vois avec plaisir que sur ce point-là vous refaites brillamment surface.

— Oh! admit Combes modestement, je me remets normalement, au dire du docteur. Et je dois ajouter que nous avançons également dans notre enquête. C'est d'ailleurs la raison de ma visite d'aujourd'hui

— Je m'en doutais, sourit Justin Delgayroux. Si je vous ai prié de venir à La Giberne, c'est parce que nous serons tranquilles pour étudier le dossier Caretoux, que j'ai demandé hier en arrivant à mon premier clerc. J'imagine que vous y trouverez de quoi progresser davantage.

Confortable et fraîche derrière ses volets à demi clos, la maison était silencieuse. Il y régnait une paix aussi propice au repos qu'à la réflexion, comme si l'atmosphère angoissante d'autrefois, du temps où Combes s'y était si souvent imposé, s'était dissoute avec la solution des problèmes de la famille.

— Je vais vous apporter quelque chose de frais à boire, proposa doucement Isabelle, et je vous laisserai travailler.

Saisissant le coup d'œil inquiet que l'adjudant jetait au plafond, elle ajouta, dans un soupir qui mariait avec maestria la satisfaction de la bru triomphante et la tristesse du deuil :

— Soyez rassuré, monsieur Combes, ma belle-mère ne descendra plus pour vous faire une scène. Elle nous a quittés l'année dernière.

— Paix à ses cendres, conclut cavalièrement le notaire.

Képi sur les genoux, raide dans son fauteuil Voltaire tendu d'une tapisserie ancienne, le maréchal des logis-chef Ronsard prenait son mal en patience. Il trouvait ces mondanités un peu longues et s'étonnait de découvrir un chef de brigade encore inconnu, apaisé par le charme naturel de son hôtesse et de plain-pied avec la bonhomie de son mari. Sans renoncer encore tout à fait à douter de tout ce qu'il allait entendre, il commençait à admettre que la confiance de son adjudant était peut-être bien placée. Il fut totalement certain que l'amitié manifestée aux Delgayroux n'endormait pas la curiosité de Combes quand il entendit sa première question au notaire :

— Je crois, maître, que monsieur Léopold Morel, l'employeur de Benjamin Caretoux, est également de vos clients. Vous pouvez vous abriter derrière le secret professionnel, mais j'aimerais que vous me brossiez un tableau approximatif de l'état de fortune de monsieur Morel.

Le notaire ne tenta pas de cacher son étonnement :

— Je gère effectivement les biens de la famille Morel, comme mon père le faisait avant moi. Sans entrer dans le détail, je peux quand même vous dire que Léopold, pour être moins riche que son père, est encore très à l'aise.

— Aucune difficulté de liquidités?

— Aucune, affirma Delgayroux.

— Diriez-vous, insinua Combes, qu'il est plus fortuné que ne l'était Caretoux? D'où celui-ci avait-il reçu ce pactole, dont personne apparemment n'avait entendu parler, à part Morel et vous-même?

— A la première question, je répondrai que si vous vouliez chiffrer les avoirs des uns et des autres, vous arriveriez à une égalité. Morel possède une fortune plus diversifiée : terres, immeubles, aéroclub, appartements en ville. Caretoux, lui, ne possède que la bicoque qu'il a achetée à Toulonjac. Le reste des trois millions de francs qu'il avait gagnés à la Loterie nationale est placé en banque; les intérêts auraient largement suffi à le faire vivre et à payer la pension de son fils.

— A la Loterie nationale? Personne n'en a parlé dans le pays! C'est une discrétion étonnante; ni publicité de la part du vendeur de billet ni article de journal?

— Je peux vous affirmer, s'amusa le notaire, que c'est bien là l'origine de la richesse de ce pauvre garçon. J'ai moi-même eu le billet gagnant entre les mains et j'ai veillé, sur la demande de mon client, à ce que le secret soit bien gardé.

Combes hocha la tête, convaincu. Satisfait au fond de tenir au moins un mobile du meurtre de Toulonjac. Trois millions de francs avaient pu motiver un assassin, bien plus qu'un accès de jalousie de la part de Morel. De toute façon, l'hypothèse Morel était-elle sérieusement envisageable? Jamais le pilote n'aurait tué son fils. Restait évidemment une question. Elle allait tellement de soi que Delgayroux commença à y répondre avant que le gendarme ne l'eût posée.

— Vous allez sûrement me demander qui hérite? Ma foi, j'ai ici même le testament de Benjamin Caretoux, qu'il a rédigé en ma présence, quelques jours après avoir touché son lot.

— J'imagine qu'à titre indicatif vous pouvez me donner le nom des héritiers, même si ce n'est pas très légal. Vous comprendrez que ce renseignement peut définitivement orienter mon enquête.

— Justement, hésita l'homme de loi, je crains de ne vous être d'aucune utilité. L'héritier universel désigné par Benjamin Caretoux était son fils Roger, dont Léopold Morel devait être le tuteur légal jusqu'à sa majorité.

— Voulez-vous dire qu'après la disparition de cet héritier, c'est le directeur de l'aéroclub de Toulonjac qui restera maître de cette fortune ?

— Pas du tout. Morel n'avait un droit de regard sur ce capital qu'autant que Roger était en vie. Le garçon disparu, votre pseudo-suspect n'a plus à dire son mot.

— Je veux bien, s'entêtait Combes. Mais Théobald le savait-il ? Peut-être s'imagine-t-il être normalement le suivant sur la liste de succession.

Justin Delgayroux secoua la tête en souriant. Il comprenait parfaitement que l'enquêteur s'accrochât aux aspects séduisants de sa théorie. Mais il se sentait obligé, par simple honnêteté, de s'en tenir à la loi. Il se leva et fit quelques pas précautionneux sur le tapis du salon, sous les regards inquisiteurs de Combes et de Ronsard. Il s'arrêta enfin et fit face à ses interlocuteurs. Décidé à les convaincre.

— Je suis sûr, vous entendez, sûr que Morel ignorait tout des dispositions testamentaires de son employé. Je sais, de la bouche même de Caretoux, qu'il n'en a jamais rien dit à son employeur. Et je peux garantir que la fuite n'a pu venir de mon étude. De plus...

Les deux autres n'avaient pas l'air de croire à cette protestation. Ronsard par simple méfiance, Combes parce qu'il croyait possible que Caretoux, malgré ses dénégations, eût finalement averti Morel de ses dernières volontés. Le notaire soupira :

— Soit, dit-il. Je vais vous dire quelque chose que vous ne savez sans doute pas. Un secret que mon malheureux client ne voulait pas voir dévoilé. Roger Caretoux, que tout le monde croyait son fils, était en réalité...

— Le fils de Morel, qui avait autrefois séduit Suzanne Bouzac, termina Combes, franchement excédé. Nous le savons depuis que votre pilote à la manque me l'a avoué voilà quinze jours.

— Et malgré tout, vous pouvez imaginer que cet homme aurait décidé de supprimer son rejeton ? Vous n'avez pas une très haute idée du sens moral de vos semblables.

— C'est affaire d'habitude. Nous avons tous les jours des exemples qui ne plaident pas en faveur de l'honnêteté et de la vertu.

Après cette passe d'armes, les deux jouteurs restèrent muets pendant quelques longues secondes. L'adjudant, dépité qu'un homme qu'il considérait comme de bon conseil s'entêtât à combattre son opinion, s'en voulait d'avoir laissé la conversation s'engager dans ce cul-de-sac. Delgayroux, plus raisonnable, s'horrifiait seulement du cynisme qui permettait à un enquêteur, qu'il avait jusque-là cru compréhensif, d'envisager sans faiblir la culpabilité d'un citoyen honorable.

Le notaire, le premier, se décida à reconnaître ses torts. Il se rassit, sourit dans le vague pour montrer sa bonne volonté, et s'appuya au dossier de son fauteuil pour jeter ses derniers arguments.

— Je ferai l'effort de supposer que monsieur Morel avait, d'une manière ou d'une autre, été mis au courant du testament de Caretoux. Il ne pouvait donc pas davantage en ignorer la dernière clause. En cas de décès de son fils légal, sa fortune devait aller à sa veuve, Suzanne Bouzac, dont vous m'avez cité le nom.

— N'étaient-ils pas divorcés ?

— Ils n'ont jamais divorcé. J'ajoute que Benjamin espérait toujours que sa femme lui reviendrait. J'ai dans ce dossier le double d'une lettre qu'il lui avait adressée à Toulouse pour lui annoncer qu'il était riche maintenant, qu'il passait l'éponge sur les conditions de leur séparation et que leur fils serait aussi heureux que lui-même de son retour. Le fait qu'elle ne lui a jamais répondu, à ma connaissance, ne change rien aux dispositions du testateur.

Combes et Ronsard s'étaient penchés en avant, éblouis par l'éclatant retour sur scène de cet ectoplasme, dont ils avaient une vieille photographie en poche et qu'ils soupçonnaient depuis des jours d'avoir été une actrice importante de la tragédie.

— Splendide ! exulta Combes. Maintenant, nous connaissons son mobile.

Par le détail, il exposa au notaire le long cheminement de leur enquête, les circonstances de l'accident qui le rendait momentanément boiteux, l'évidente collusion d'une inconnue blonde qui était sans doute Suzanne Caretoux et d'un jeune voyou qui pourrait être le neveu du concierge Vergelas, l'intimidation mortelle de l'infirmier Gabiou, les longues confessions de Morel et la mise à sac du pavillon du manœuvre mécanicien à Toulonjac, la découverte des faux suicides du collège.

— En somme, conclut de lui-même leur hôte, étourdi par une telle cascade de présomptions, vous pensez que cette femme, aidée par un complice, a assassiné successivement son mari, un infirmier, son propre fils et le concierge du collège !

— Et a tenté de tuer l'adjudant et le gendarme Berthier dans leur véhicule de service, ajouta Ronsard, que l'adhésion évidente du tabellion à leur théorie avait dégelé.

— Je remarque, ironisa Combes, que vous envisagez assez facilement le meurtre d'un fils par sa mère. Vous non plus n'avez pas une haute idée du sens moral des gens.

Delgayroux esquissa un sourire gêné.

— Ce n'est pas tout à fait la même chose, voulut-il argumenter. On peut tout attendre d'une femme qui a abandonné depuis dix ans son mari et son fils sans leur donner signe de vie.

— Morel n'est pas plus blanc, cher maître. C'est quand même lui qui a engrossé la jeune Suzanne et a refusé de l'épouser. Mais je reconnais que sa culpabilité est beaucoup moins probable que celle de notre blonde.

Manifestement, le notaire préférait aussi cette hypothèse. Ronsard se renfrogna, comme si la solidarité de caste entre le maître de La Giberne et le président de l'aéroclub de Toulonjac, bourgeois unis par les affaires, ulcérait son cœur égalitariste. Il écouta, avec une moue de reproche, son supérieur qui exposait à celui qu'il appelait son vieil ami comment il envisageait de débloquer la situation.

— Avez-vous l'adresse de cette Suzanne à Toulouse? demandait-il. Je voudrais que vous la convoquiez. C'est, je crois, d'usage courant?

Delgayroux prétendait que l'adresse utilisée par le mari délaissé n'était sans doute pas la bonne, mais qu'il pouvait quand même y envoyer une lettre.

— D'accord, décida Combes, mais nous allons compléter cette tentative par un appel légal dans la presse. Si je ne me trompe, notre future héritière doit être sur des charbons ardents en attendant de toucher son pactole. Elle doit être à l'affût des nouvelles. Je pense qu'elle ne fera aucune difficulté pour venir se présenter, certaine que nous ne sommes pas sur sa piste. Prévenez-moi, s'il vous plaît, dès que vous aurez confirmation de sa visite. Pour notre part, nous allons essayer de transformer nos présomptions en preuves, ou du moins de les étayer par des témoignages irréfutables.

Isabelle Delgayroux ne parut pas au moment où les gendarmes prirent congé. Ronsard, qui avait trouvé sa silhouette intéressante, le regretta. Combes plus encore, qui s'avouait avoir ressenti un certain trouble en retrouvant son sourire et son regard énigmatique.

16

Comme souvent en été, après plusieurs semaines de beau temps sec, un petit vent d'ouest avait amené au cours de la nuit une cohorte de gros nuages gris qui défilaient sur le Rouergue, en direction du causse du Larzac, qui n'en verrait d'ailleurs pas la première averse. Conséquence la plus agréable pour les Villefranchois, le thermomètre était revenu à la sagesse. Cette température clémente calmait les esprits énervés par la canicule. Les touristes qui arpentaient les rues commerçantes menant à la place Notre-Dame sentaient se réveiller leur goût pour les vieilles pierres et pour les solides nourritures du terroir. Les autochtones, habitués à ces sautes de climat, n'en retrouvaient pas moins leur bonne humeur coutumière, leur amabilité à l'égard des étrangers prêts à laisser des sous dans leurs magasins, la verdeur de leur langage et la bonhomie des apostrophes adressées à leurs concitoyens.

Comme eux tous, Combes était sensible à la relative fraîcheur du matin. Décidé à retrouver au plus vite son agilité, il s'était imposé de sortir à pied pour aller visiter Monluc au collège. Il n'y avait pas cinq minutes de marche. Ses voisins de l'auto-école, qui n'avaient peut-être même pas remarqué le mois précédent qu'il était impotent, le regardèrent boitiller sur sa canne, pimpant dans sa chemisette et son pantalon de toile.

— Alors, s'écria le père Bouyssou qui piétinait devant l'agence en attendant le début du cours de code qu'il suivait pour la quatrième fois, nos gendarmes partent en promenade, à ce qu'il paraît ?

— Si j'avais su que vous n'aviez pas encore votre permis, sourit l'adjudant, j'aurais pris ma bicyclette. J'avais peur que vous soyez au volant en train de chasser le vélo à travers les rues !

Bouyssou salua d'un rire gras cette remarque désobligeante.

— Chasser le vélo ! *Macarel*, je savais même pas que les gendarmes sont encore capables de monter sur ces engins.

Le sourire ne quittait pas le visage de Combes, que Claire trouvait aminci par sa convalescence.

— Tu sais, lui avait-elle dit, tu t'empâtais dans ta vie de gradé embourgeoisé. Maintenant, tu ressembles à l'homme qui m'a séduite voilà huit ans.

Tout en clopinant, il arrivait sur la place de la Poste ; malgré son euphorie, il pesta contre l'anarchie de la circulation automobile. Les conducteurs villefranchois continuaient à vouloir tourner sur cet espace en dévers aussi vite qu'un écureuil dans une cage, sans se soucier des piétons qui cherchaient à traverser pour rejoindre la rue Fabre ou la rue des Cordeliers.

Une troupe de touristes insouciants ou inconscients, qui avaient remonté le cours de Gaulle, se jeta à l'abordage du rond-point, sur l'avis d'un passant qui leur avait indiqué la direction de la cathédrale. Leur parler pointu, leurs chapeaux de paille, leur teint cramoisi, leurs chemises bariolées encore fraîches et leurs appareils photo brandis disaient qu'ils sortaient juste de leur autocar, arrêté devant le garage Alibert, où le chauffeur avait ses habitudes, une ou deux fois l'an. Les « estrangers » ne se retournèrent même pas sur ce petit homme boiteux en uniforme et képi qui se mêlait à leur groupe pour atteindre le bon trottoir. Ils discutaient entre eux sur les mérites des monuments qu'ils allaient voir, en se récitant les notices des guides qui alourdissaient leurs sacs. Personne ne remarqua que ce militaire si typiquement français quittait le groupe pour aller clopiner devant le mur qui bordait une grande cour profonde, encerclée de tristes bâtiments ressemblant à une caserne.

Monsieur Monluc, que l'adjudant avait prévenu de sa visite, avait quitté ses appartements pour venir accueillir le gendarme à la conciergerie.

— Nous n'avons pas encore remplacé Vergelas,

s'excusa-t-il. J'espère y parvenir avant la rentrée de fin septembre, mais ce ne sera pas si facile. Les candidats ne se bousculent pas. Le traitement n'est pas conséquent et le logement est minuscule. Et ce qu'on a raconté sur les mœurs de notre retraité a installé un climat sulfureux très préjudiciable.

Combes était prêt à compatir aux malheurs du principal, mais n'avait pas envie de gâcher le plaisir qu'il éprouvait ce matin-là.

— Je n'ai au fond qu'une question à vous poser, dit-il, heureux de pouvoir éviter la fatigue d'une interminable marche à travers la cour, les couloirs et les escaliers du collège. A propos de votre ancien élève, le neveu de votre mutilé.

— J'ai longuement étudié les rares documents que j'ai pu retrouver sur ce garçon, confessa Monluc. C'est étonnant, il n'y a même pas une photo utilisable dans le tas. Mais vous trouverez peut-être votre bonheur en allant voir Jeannot Alibert, en face. Le fils du garagiste. Autrefois, c'était le copain inséparable de Paul Vergelas. Le père Alibert ne voyait pas cette amitié d'un bon œil, et Jeannot a fini par suivre les avis de son père. N'empêche qu'il pourra certainement vous raconter beaucoup de souvenirs sur les bêtises qu'ils ont faites, Paul et lui.

Ce n'était pas une proposition à faire à un enquêteur pressé. Monluc, qui était fort satisfait de trouver un confident auquel il allait pouvoir détailler ses ennuis, s'aperçut rapidement de son erreur de tactique. Sans beaucoup de précautions, Combes prenait déjà congé de lui après un vague remerciement, prétextant une fatigue de convalescent que contredisait son air réjoui.

Au risque de passer sous les roues d'une camionnette des PTT qui descendait porter le courrier à la gare, l'adjudant boitilla à nouveau à travers le cours de Gaulle. Il contourna le car des touristes arrêté devant le garage, couleur crème et pourpre comme une énorme glace fraise-vanille posée sur le goudron du trottoir, maculé de flaques d'huile de vidange. Au fronton de tôle ondulée, des panonceaux de réclame vantaient les mérites des carburants Total, des bougies Bosch, des freins Stop, des cycles Peugeot et des pneumatiques Goodyear. Le conducteur de l'autocar, immatriculé aux Pays-Bas, inclina poliment la tête à tout hasard devant ce piéton en uniforme que le patron avait l'air de connaître.

— Qu'est-ce qui vous amène? demanda le gros Alibert, en s'essuyant les mains d'un chiffon distrait.

Le garagiste n'était pas un inconditionnel de la maréchaussée. Trop de petites tracasseries l'en séparaient, histoires de feux rouges déficients sur sa dépanneuse, de vagues racontars sur une pompe à essence trafiquée, plainte d'un client mécontent d'une révision de ses freins précédant une rencontre avec un platane.

— Je voudrais parler à votre fils Jean, précisa Combes avec son plus beau sourire. Rassurez-vous, il n'a rien fait de mal. Il paraît qu'il connaissait très bien Paul Vergelas, le neveu du concierge d'en face ?

Un garçon d'une trentaine d'années, blanc de peau, vêtu d'un maillot constellé de traces de cambouis, couché sur une planche à roulettes, s'extirpa à demi d'un amoncellement de tôles qui devait être une voiture de collection servant aux travaux pratiques de mécanique. Sans plus relever la tête, il apostropha le gendarme, du sol.

— Qu'est-ce que vous lui voulez, à Paulo ? Y a longtemps qu'il n'habite plus à Villefranche.

— Mais il est bien revenu le mois dernier ?

— C'est vrai, s'interposa le père Alibert. Même que je l'ai foutu à la porte quand il est venu voir mon fils. Il a bien dû traîner dans le coin quinze jours ou trois semaines.

Visiblement le sujet déplaisait à la famille. Ni le père ni le fils ne voulaient s'éterniser sur la présence en ville du mauvais garçon.

— Savez-vous, insista Combes sans cesser de sourire, où il a passé tout ce temps ? A l'hôtel ? Chez des amis ?

Le mécanicien s'agita sur sa planche.

— Quelque part du côté de la place Saint-Jean, je crois. Je l'ai vu une fois avec une fille un peu bizarre, une blonde maigrichonne qui avait l'air hagard. Elle le tenait drôlement à l'œil

— Vous leur avez parlé ?

— Même pas. Il m'a salué de la main et basta.

D'une poussée, le fils Alibert se propulsa sous le ventre de son opéré.

— Voilà, conclut le père. Si on revoit ce voyou dans le coin, on vous fera signe, si ça vous intéresse toujours.

Combes salua aimablement, articula même un merci enthousiaste et entreprit de rentrer chez lui. La matinée était décidément faste.

Ronsard passa tout l'après-midi à contrôler les déplacements de Paul Vergelas et de sa compagne à Villefranche au cours de la première quinzaine de l'été.

La tournée des hôtels fut assez laborieuse. Ce genre de contrôle étant d'habitude du ressort des policiers de monsieur Weber, les tenanciers s'étonnaient de voir des gendarmes demander à consulter leurs registres. De surcroît, la raideur et le ton pincé du maréchal des logis-chef, qu'ils ne connaissaient pas, leur donnaient à croire que la capitale leur avait dépêché un enquêteur étranger à la province parce qu'en haut lieu on se méfiait désormais des « gens d'ici ». Leur enthousiasme à collaborer en était considérablement réduit. Personne ne refusa franchement de tendre le cahier plus ou moins bien tenu sur lequel devaient être inscrits les noms des voyageurs hébergés, mais la plupart des gérants firent remarquer avec aigreur en bas de chaque page la présence du tampon officiel « Commissariat de Villefranche. Contrôle des garnis ». Leurs hochements de tête, leurs regards de martyrs ou d'innocents excédés disaient, dès la prise de contact, que leur mémoire allait se montrer défaillante. De fait, Ronsard et son compagnon visitèrent, au cours de l'après-midi, neuf établissements en pure perte.

— Je n'aurais pas cru qu'il y avait tant d'officines d'hébergement à Villefranche, avait remarqué le gendarme Vial qui était pourtant affecté à la brigade depuis plus de cinq ans.

Ces officines, pour employer la terminologie policière, étaient de standings très différents. Deux au moins étaient de véritables hôtels, confortables, consommateurs d'encaustique, équipés de tapis dans les escaliers menant aux chambres et de linge à l'ancienne pour les salles à manger où régnaient des odeurs bourgeoises de coq au vin ou de daube. Ces établissements, mentionnés dans les guides, étaient à peu près saturés, en ce mois d'août. Le personnel d'accueil, comme les femmes de chambre, avait été trop rapidement formé dans les langues étrangères pour soutenir une conversation suivie avec les touristes anglais et bataves. Il en résultait un certain énervement, qui se manifesta surtout devant Ronsard et Vial; eux s'étaient mis en tête, après avoir parcouru le registre des nuitées, d'interroger le petit personnel des restaurants et des étages.

— Non ! Aucun souvenir d'un monsieur Vergelas, en juin pas plus qu'en juillet ! Non ! Pas de trace d'une dame qui se fût appelée Caretoux ou Bouzac ! Rien qui marquât le passage d'un homme brun d'une trentaine d'années et d'une femme blonde et mince !

Trois autres hôtels, de second et troisième ordre, où le tapis du hall était remplacé par un linoléum, n'apportèrent pas plus de satisfactions aux enquêteurs. Ils y passèrent toutefois moins de temps, car l'effectif du personnel se limitait au patron, à sa femme, et parfois à une vieille servante essoufflée. Nulle part ne s'étaient inscrits deux voyageurs ou un couple répondant à l'un des patronymes proposés par les gendarmes.

Continuant à descendre la hiérarchie, patient et placide, Ronsard écuma les pensions de famille. Là, le bureau des entrées se réduisait à une table coincée sur un palier, entre une plante verte souffreteuse et une affiche datant de 1950 et représentant la collégiale Notre-Dame. Les couloirs tortueux résonnaient du gargouillis des tuyauteries, la température engageant les pensionnaires à une douche, malgré les consignes placardées sur les portes des salles d'eau, au fond des corridors, prescrivant que l'usage des cabinets de toilette était limité le matin de sept à neuf heures et le soir de dix-huit à vingt heures.

Dans la quatrième de ces pensions, l'entêtement un peu émoussé du chef trouva un commencement de récompense. Peut-être madame Aubrède, la gérante, se sentait-elle en faute parce que son livre des pensionnaires n'était pas tenu avec toute la rigueur désirable. Sans doute les noms recherchés n'y étaient-ils pas inscrits, mais madame Aubrède avait une excuse toute prête :

— Tout ça, dit-elle, c'est fait pour les étrangers, les ceux qui sont pas du pays. Le ménage que vous me parlez, je savais qui c'était. Lui, du moins. C'était le petit Vergelas, qui jouait au rugby avec mon fils avant qu'il parte au régiment.

Sur ce, la directrice de la pension se mit à renifler en pleurant parce que son fils n'était pas revenu de l'état militaire ; il avait été tué en Algérie, en 1960. Depuis six ans, madame Aubrède ne se consolait pas de son deuil. Et elle se souvenait de Paulo Vergelas, qui avait eu à son égard des mots très gentils pour évoquer sa jeunesse sportive avec son compagnon de mêlée.

— Sont-ils restés longtemps chez vous ? demanda Ronsard, soulagé de toucher enfin au but.

— Il est parti la veille ou l'avant-veille du 14 Juillet, réfléchit la veuve. Il a bien passé deux semaines chez moi. Même que je lui ai fait un prix, il était un peu gêné question finances.

— Et sa compagne ?

— Je saurais pas dire. Elle est partie plusieurs

jours avant lui. Je crois pas qu'ils s'étaient vraiment disputés, même si on les entendait quelquefois discuter dans leur chambre. Non, elle a dit qu'elle devait reprendre son travail, là où ils habitaient, à Toulouse je crois, ou à Montauban. Ou peut-être à Cahors ?

— Avaient-ils une voiture ? s'enquit encore le chef.

— En arrivant, oui. Une vieille camionnette jaune et bleu toute cabossée que Paulo a garée deux ou trois jours au bout du cours Saint-Jean. Puis il m'a dit qu'il l'avait rendue à l'ami qui la lui avait prêtée. Ils sont repartis par le train, à ce que j'imagine.

Cette fois la boucle semblait frisée au fer. Que la camionnette soit ou non retrouvée importait peu. Le témoignage de madame Aubrède qui reliait sans ambiguïté le neveu du concierge et le véhicule assassin de gendarmes suffirait au moins à faire arrêter Paul Vergelas. Un limier raisonnable se fût accommodé de ce résultat. Mais le Tourangeau ne s'en contenta pas. Sans se l'avouer, peut-être était-il jaloux des intuitions de son chef et voulait-il, par une application méthodique, apporter les preuves nécessaires pour ficeler le dossier. Il était en tout cas sensible à la révérence qu'il avait lue dans le regard de Vial. Théâtralement, il sortit de sa poche de poitrine un des tirages issus du « Studio d'Art », et présenta la photographie à la logeuse, avec un sourire digne d'un prestidigitateur réussissant son tour.

— Bien sûr, vous reconnaissez la compagne de Paulo ?

Madame Aubrède torcha ses yeux encore larmoyants du revers d'un poignet grisâtre et chaussa des bésicles sans âge avant de pencher la tête vers le portrait, presque à le toucher de son ombre de moustache. Les deux hommes, en face d'elle, attendaient son verdict avec assurance, persuadés qu'ils touchaient au terme de leur quête du jour. La veuve ne se décidait pas. Ronsard s'impatienta, pour la première fois de la journée :

— Alors, vous la reconnaissez, ou pas ?

— Ma foi, dit le témoin en relevant la tête, c'est non. Il y a bien un petit quelque chose. J'aurais rencontré ma cliente qu'une fois ou deux, j'aurais sans doute admis que la photo était la sienne. Mais, vous comprenez, elle a passé au moins dix jours sous mon toit. Je l'ai vue au moins trois ou quatre fois par jour. Je lui ai parlé. Pas de doute, elle était beaucoup moins jolie que votre modèle. Plus négligée, plus maigre, moins bien peignée. Elle n'était pas seulement plus vieille. C'était une autre femme.

— C'est une photo qui date de plus de dix ans, plaida Vial, relayant son maréchal des logis-chef atterré.

— C'est pas uniquement une question d'âge, s'entêta madame Aubrède. La mienne, enfin, celle de Paulo, n'avait pas ces lèvres-là pour sourire, cette étincelle dans l'œil, ni cette forme de sourcil. C'était pas une beauté, quoi.

D'un geste majestueux, elle enleva ses lunettes et regarda Ronsard bien en face pour marteler sa conclusion :

— Je suis prête à jurer, même si vous devez me faire des ennuis, que je n'ai jamais vu la femme de votre photo, et qu'en tout cas ce n'était pas elle qui accompagnait le petit Vergelas !

Quand ils furent redescendus sur le trottoir du cours Saint-Jean où une foule paresseuse s'agglutinait à la terrasse d'un café sous les platanes, Vial n'osa pas regarder son supérieur. Il se contenta d'ouvrir la portière de la 203, sans piper.

— Nom d'un chien, sacra Combes du fond de son fauteuil, nous avons tout de même bâti une hypothèse solide. Nous avons la preuve que le neveu de Vergelas était à Villefranche aux dates critiques des quatre meurtres. Même si nous ne pouvons pas rattacher Suzanne Caretoux à ce voyou, nous avons un témoin qui a vu le garçon utiliser la camionnette de notre première victime. C'est suffisant pour en faire « le » suspect principal, d'autant que son signalement correspond parfaitement, aux souvenirs de Berthier, aux miens, et à la description faite par l'infirmier à sa sœur. J'irai demain voir le juge pour lui rendre compte de ce que nous avons. Il devrait lancer immédiatement un mandat d'arrêt concernant ce garçon.

Echaudé par les résultats en demi-teinte de sa quête de l'après-midi, Ronsard, immobile sur une chaise de l'autre côté de la table basse, contemplait son verre de Ricard à moitié vide.

Assise sans gêne sur l'accoudoir du fauteuil de son mari, Claire n'avait même pas fait mine de se retirer pour laisser les hommes discuter du service. Depuis qu'elle avait mis le pied à Toulonjac, elle s'estimait enquêtrice à plein temps et refusait d'être mise à l'écart.

— Deux questions, objecta-t-elle suavement. Premièrement, qui était la femme accompagnant votre Paulo à Villefranche ? C'est au moins une complice à ne pas négliger ! Et deuxièmement, quel est le mobile qui a fait agir votre assassin, s'il n'est pas lié d'une façon ou d'une autre à Suzanne Caretoux ?

Ravi d'entendre ses propres objections énoncées aussi clairement, le chef se redressa, vida son Ricard d'un trait et questionna l'adjudant du regard.

Combes ricana, en balayant d'un geste du bras ces problèmes de détail.

— Raisonnez donc un peu. Des bonshommes comme notre suspect sont des nervis prêts à toutes les besognes. Qu'elles leur soient commandées ou qu'elles s'imposent à eux sur un coup de colère après une dispute, ou qu'elles soient inspirées par une simple envie de mal faire. Dans le cas présent, je suppose qu'il s'agit d'un contrat pour le compte de la vraie femme de Benjamin. Je crois aussi que pour mouiller sa commanditaire, l'ami Paulo s'est fait accompagner de façon voyante par une femme de son cheptel qui ressemble un peu à la veuve Caretoux. De toute façon, ce genre de gouape ne tient pas le choc devant un interrogatoire serré. Quand nous le tiendrons ici, soyez sûrs qu'il nous racontera toute l'histoire sans oublier de charger ses complices au maximum. L'important est maintenant d'en convaincre Massac et que la police se charge d'arrêter notre homme.

— Il reste quand même bien des questions sans réponse, dit posément Ronsard, que l'optimisme systématique de l'adjudant laissait perplexe. Le pire, ajouta-t-il, est que nous n'avons aucune idée de l'endroit où se trouve notre gibier. Il pourrait se passer bien des jours avant qu'il ne soit arrêté. Pendant ce temps-là...

La sonnerie du téléphone interrompit la phrase. Combes se releva avant même que Claire n'ait décroché. Avec un sourire satisfait qui se réjouissait de le voir recouvrer si rapidement sa forme et ses réflexes, elle regarda son Joseph qui collait son oreille au combiné. Les yeux pétillaient et le sourire s'agrandissait comme aux meilleurs jours. Une vague de confiance l'envahit.

— Entendu, dit seulement Combes. Après-demain neuf heures, chez vous.

Il raccrocha l'appareil et regarda Claire et son adjoint avec une solennité que démentait son ton allègre :

— C'était maître Delgayroux, annonça-t-il. L'entrefilet qui a paru ce matin dans *La Dépêche* de Toulouse sur sa demande a déjà donné un résultat. Il a reçu cet après-midi un message de Suzanne Caretoux née Bouzac l'informant de sa visite chez lui à La Giberne pour après-demain. Nous sommes conviés à la lecture du testament pour faire la connaissance de l'héritière.

IV

17

La fraîcheur relative qui favorisait le Rouergue n'avait pas atteint Toulouse. En particulier le quartier Saint-Cyprien. Il faisait une chaleur de four dans le studio où se terrait un Paulo dolent et hargneux. Sa blessure se cicatrisait tant bien que mal. Dieu merci, la bouteille qui l'avait frappé n'avait ni cassé ni fêlé son crâne de pioche ; hormis quelques migraines vespérales, il n'en gardait pas trop de séquelles. Moralement, il était beaucoup plus affecté.

Sa compagne avait soigneusement évité de ramener les journaux chaque soir en rentrant de son salon de coiffure, pour entretenir l'inquiétude qu'elle avivait de fausses nouvelles. A l'en croire, l'épicière ne se réveillait pas de son coma et la police enquêtait sauvagement dans le quartier. Le mutisme de la presse, qui avait à peine signalé, le lendemain, la mort à l'hôpital Saint-Jacques de madame veuve Hernandez agressée dans son magasin de primeurs, s'expliquait par le manque d'enthousiasme des inspecteurs chargés de résoudre cette énigme hélas quotidiennement ordinaire. Edith pensait qu'il n'était pas mauvais que Paulo se tracassât. Enfermé dans l'appartement avec la peur d'être pris, il ne se risquerait pas à sortir pour se livrer à une nouvelle folie. Peut-être aussi n'oserait-il pas, maintenant qu'elle était son seul lien avec l'extérieur, se mêler d'organiser son prochain voyage à Villefranche. Elle se sentait de plus en plus capable de faire cavalier seul. Toutes les nuits précédentes, pendant que Paulo ronflait sur leur traversin, aux prises avec son mal de tête, elle avait longuement mûri sa nouvelle décision. Elle avait d'abord pesé les risques que pouvait présenter l'enquête menée à Villefranche. Elle s'était tenue très au courant des détails distillés dans les journaux locaux et dans la grande presse, qui ne s'était guère intéressée à l'affaire que pendant quinze jours. A lire les élucubrations et les supputations des reporters, on ne parlait encore du tueur en série de Villefranche que par désœuvrement estival. On ne peut pas ressortir tous les ans le monstre du loch Ness, alors que quelques assassinats bien saignants font vendre du papier. Quand les épreuves d'un championnat du monde avaient commencé à garnir les colonnes, le sang avait cessé de couler sur les rotatives. La femme était maintenant certaine que personne ne la soupçonnait.

Les risques que lui ferait courir la mise hors circuit de Paulo pesèrent davantage sur ses nuits. Elle le savait seul exécutant des crimes, ce qui semblait lui assurer une certaine sécurité devant la justice : au pire, elle serait considérée comme complice. Encore faudrait-il prouver qu'elle n'avait pas agi sous la menace de son forcené. Elle craignait aussi la réaction violente d'un Paulo escroqué ; si elle disparaissait sans partager avec lui le butin de leur aventure, oserait-il la dénoncer à la police et assumer sa propre culpabilité ? Ou bien la poursuivrait-il pour se venger ? Après une semaine de réflexion, elle avait pensé que son tempérament de faux dur le pousserait à la rechercher à travers le monde, mais qu'elle aurait largement les moyens de lui échapper.

Ce matin, en arrivant au salon, elle avait trouvé dans *La Dépêche* l'entrefilet inséré par le notaire :

« Cause héritage, maître Delgayroux, Villeneuve-d'Aveyron, recherche épouse disparue Benjamin Caretoux. S'adresser d'urgence à l'étude, téléphoner... Prévoir justification d'identité. »

Les jambes coupées, insensible au papotage de ses consœurs, elle s'était assise quelques secondes dans un fauteuil de client. Elle avait peine à croire qu'elle avait réussi, que l'énorme scénario qu'elle et Paulo avaient tissé avait fini par se jouer avec succès. C'est alors, sur ce siège de moleskine rêche, qu'elle décida d'être la seule actrice du dernier acte. Son compagnon provisoire, pour lequel elle ne se sentait plus aucune attirance, serait tenu à l'écart. Elle lui abandonnerait volontiers son minable appartement toulousain. Qu'il s'y terre le plus longtemps possible, pendant qu'elle changerait de ciel et de vie.

Quand elle se remit debout, aucune de ses compagnes ne remarqua sur son visage une transformation qu'elle-même ressentait dans toutes ses fibres. Avec ses ciseaux de comptoir, elle découpa soigneusement la petite annonce de maître Delgayroux, la mit dans son sac-pochette et avertit la première coiffeuse qu'elle devrait s'absenter pour quelques jours.

— Raison de famille, affirma-t-elle.

Après quoi, elle sortit sous le soleil d'août, qu'elle trouva aussi brûlant que celui qui brillait dans ses rêves sur Marrakech et Acapulco.

Quand elle rentra au studio de la rue des Arcs-Saint-Cyprien, après avoir pris la précaution d'acheter quelques victuailles hors normes, Paulo se sentait totalement dépressif. Il regarda cette femme qui virevoltait autour de la table graillonneuse, sous l'ampoule jaunâtre, et la reconnut à peine. Sans doute avait-elle passé sa journée dans un institut de beauté plutôt que dans le salon qui l'employait. Ses mèches blondes et raides avaient foncé et se gonflaient en coques seyantes. Son visage semblait avoir changé de forme; les joues étaient moins creuses, les lèvres plus épaisses, le teint plus soutenu, les sourcils retaillés. Son regard même était plus animé et brillait d'une étincelle joyeuse qui l'alerta.

— *Macarel*, grogna-t-il, pendant que je croupis dans ce gourbi, madame dépense l'argent qui nous reste à se pomponner !

Encore n'avait-il pas remarqué du premier coup d'œil une nouvelle robe que n'aurait accepté de porter aucune des femmes qu'il fréquentait depuis son adolescence ; de couleur trop grise, dépourvue d'originalité, légère mais assez ample pour être décente, sagement boutonnée et gansée de blanc, c'était la tenue qui convenait exactement à une jeune veuve respectable, honnête et sans fortune. Une preuve de goût et d'intelligence à la veille de jouer le rôle de sa vie.

Paulo lui-même approuva.

— Bon Dieu, tu soignes le détail !

Elle affecta la joie la plus naturelle pour lui montrer l'annonce du notaire, lui raconta son coup de fil à Villeneuve et sa journée de préparatifs. Elle lui dit finalement qu'elle partait le lendemain.

Comme elle était fine mouche et qu'elle ne souhaitait surtout pas que Paulo fît la moindre difficulté à l'idée de la séparation, elle affecta suffisamment d'inquiétude avant cette expédition. De sorte que ce fut lui qui joua les consolateurs et l'exhorta à montrer assez de courage pour affronter la dernière épreuve. Elle sut se laisser convaincre, avec juste ce qu'il fallait de frissons et de résistance pour aveugler son compagnon sur sa résolution de l'abandonner à son sort.

Après cet intermède, qui la laissa de glace tout en raffermissant la confiance de Paulo, elle tint à lui servir le dîner de gala qu'elle avait acheté chez un traiteur du centre-ville. Sans oublier de le faire boire, assez pour l'endormir, trop peu pour le rendre méchant. Elle répétait de temps en temps, avec une fausse détresse dans le regard, qu'elle voudrait être plus vieille de trois ou quatre jours pour fêter avec lui dans leur petit nid la réussite complète de leur grand projet. Elle y mettait tant de conviction qu'un doute traversa l'esprit du coq en pâte.

— Dis donc, quand tu auras plié ce vieux notaire autour de ton petit doigt, tu ne vas pas te mettre dans la tête que tu n'as plus besoin de moi ?

Comme elle paraissait saisie par la véhémence de sa voix, et qu'elle protestait de sa bonne foi, il crut bon d'affirmer son autorité, assez nettement battue en brèche depuis la malheureuse affaire Hernandez.

— N'oublie pas, précisa-t-il, que tu n'as aucune chance de me rouler. Je te laisse cinq jours, pour le cas où les choses n'iraient pas aussi vite qu'on l'espère. Si tu n'es pas revenue mardi prochain, je sors d'ici et raconte toute notre histoire aux flics par téléphone avant de disparaître.

Elle le regarda se verser un nouveau verre de vin, l'avaler d'un trait et se traîner jusqu'au grand lit de fer. Quand il se laissa tomber à plat dos sur les draps froissés, il était persuadé de l'avoir matée. Il ne vit pas dans ses yeux fixes qu'il venait au contraire par ses menaces de sceller sa décision. Elle ne voulait plus vivre avec un cobra prêt à mordre.

Sans faire de bruit, pendant qu'il commençait à sommeiller, elle rangea les couverts et les reliefs de leur dîner. Puis elle fit rapidement sa valise; quelques dessous dans un sac de toile, quelques pots de crème pour entretenir son nouveau maquillage, et la plus sage de ses anciennes robes.

Au moment de se coucher à son tour, elle hésita un instant à réveiller Paulo avant d'éteindre. Parce qu'elle était femme de précaution, elle se dit qu'elle gagnerait à le tranquilliser jusqu'à l'heure de son départ. Coulée contre son épaule, elle avait l'air de mendier une caresse en lui murmurant à l'oreille qu'elle avait laissé des conserves pour lui dans le garde-manger et quelques centaines de francs pour acheter des cigarettes s'il osait mettre le nez dehors.

Paulo était déjà dans un brouillard qui ne le disposait pas aux effusions. Il grommela qu'elle lui « foute la paix », s'arracha au contact parce qu'il faisait trop chaud, et s'endormit profondément en lui tournant le dos.

De longues heures durant elle resta éveillée dans

le noir, partagée entre l'angoisse que faisait naître l'approche de la dernière épreuve et l'espoir de la réussite.

Bien qu'elle eût finalement peu dormi, elle se réveilla à huit heures moins le quart. Des années de servitude avaient forgé cette habitude qui ne lui pesait même plus. Pourtant, ce matin-là, quand elle prit conscience que c'était son dernier matin dans ce studio de la rue des Arcs-Saint-Cyprien, elle se promit que désormais la grasse matinée serait le premier luxe qu'elle s'offrirait.

En une demi-heure, silencieusement, elle but une tasse de café, apprêta devant le miroir de la salle d'eau son nouveau visage, dont le reflet lui plaisait, s'habilla et tria les affaires de toilette qu'elle emporterait, bousculant le blaireau, le rasoir-sabre et le savon à barbe de Paulo qu'il laissait toujours en vrac sur le bord du lavabo.

Revenue dans la chambre, elle inspecta du regard le minable appartement qu'elle abandonnait. A travers les persiennes fermées le soleil glissait quelques doigts poussiéreux jusqu'au lit sur lequel ronflait lourdement son complice. Elle s'approcha, attentive à ne pas le réveiller, et se pencha pour le regarder de plus près. Elle détailla la bouche entrouverte, les mèches noires hirsutes plantées bas sur le front, les longs cils bruns bordant les paupières fermées, les muscles épais du torse dénudé. Pas un instant pourtant elle ne regretta ce bel étalon. Dans un dernier geste, elle tendit la main vers le menton du dormeur, pour une longue caresse d'adieu appuyée. Elle frissonna en sentant la barbe rêche crisser contre ses ongles faits... A peine le ronflement s'étouffa-t-il dans un gargouillis, comme si Paulo avait voulu refuser de participer à cette effusion.

Au moment d'ouvrir sa porte, elle s'aperçut qu'elle avait oublié de mettre en place le dernier détail de sa mise en scène. Elle saisit sur la toile cirée de la table la feuille de papier sur laquelle elle avait écrit à Paulo une lénifiante promesse d'un rapide retour. Elle fit deux pas pour la jeter sur sa poitrine, où elle se posa comme un papillon. Après quoi, décidée, elle empoigna sa valise, sortit sur le palier et referma sa porte à double tour.

Elle était prête, avec de longues heures d'avance, à retourner à Villefranche pour son rendez-vous chez maître Delgayroux.

18

Combes avait été inflexible. Il n'était pas question que Claire vînt à Saint-Rémy. Elle n'avait pas à assister à une entrevue que son mari jugeait stratégique avec une suspecte dont on ignorait la pugnacité. Elle n'avait aucune raison légale d'être présente à l'interrogatoire d'une inconnue, fût-elle soupçonnable, en présence d'un officier ministériel qui ne manquerait pas de relever cette entorse aux usages légaux.

— Si cette femme était réellement dans la camionnette qui a embouti ta voiture, et si tu avais été tué, il serait normal que je sois partie civile, avait tenté de plaider Claire, au bord du caprice.

— Beaucoup de si, avait répondu son mari, qui n'avait pas envie de se mettre en retard, alors que Ronsard allait passer le chercher d'une minute à l'autre. D'abord, je ne suis pas mort. Et deuxièmement, aux dernières nouvelles, ce n'était pas la passagère de la camionnette. N'insiste pas, s'il te plaît.

Vaincue, Claire avait donc renoncé à cette escapade. Après que, du seuil de sa porte, elle eut regardé démarrer la 203 qui emportait son seigneur et maître et le gendarme Berthier, conduits par le maréchal des logis-chef, elle se consola en contemplant le ciel. La relative fraîcheur de l'avant-veille avait annoncé un changement de temps. Aujourd'hui, les nuages étaient là. Bas, gris souris, denses et bousculés par les rafales hargneuses d'un vent lourd. Peut-être ne pleuvrait-il pas de la journée. Mais la météo promettait de déteindre sur la joie de vivre.

Arrivés à l'heure convenue à La Giberne, leur voiture à plaques militaires camouflée derrière une haie de thuyas pour ne pas alerter la visiteuse attendue, les trois gendarmes furent installés dans un étroit boudoir, qu'une porte faisait communiquer avec le bureau du notaire.

Combes avait expliqué à celui-ci comment s'articulait son hypothèse sur la culpabilité probable de sa nouvelle cliente, et comment il espérait en prouver l'exactitude. Delgayroux avait en échange demandé à être seul pour recevoir madame Caretoux et mener les prémices de l'entrevue.

— Je ne voudrais pas avoir l'air de l'avoir attirée dans un piège, avait-il représenté avec raideur.

En entendant le taxi qui amenait certainement l'intéressée faire crisser les graviers de la cour, il abandonna les enquêteurs dans le boudoir, passa dans son bureau en laissant la porte de communication entrouverte et s'assit derrière l'élégant meuble de style Empire sur lequel trônait le dossier Caretoux.

Sa femme, Isabelle, qui avait accueilli la visiteuse, accompagna celle-ci jusqu'à la porte du saint des saints et la fit entrer, seule.

Dressé sur son siège, le notaire ne put s'empêcher de regarder la nouvelle venue avec une curiosité angoissée. Les gendarmes lui avaient longuement montré la photo retrouvée dans les collections du Studio d'Art. Il était déjà presque sûr que c'était la même femme qui se tenait debout devant lui. Avec une bonne dizaine d'années de plus, qui avaient sculpté le visage en l'amaigrissant un peu. Mais il reconnaissait la chaleur ingénument provocante du regard, les lèvres prêtes à sourire machinalement, la coiffure souple. A détailler ses vêtements, cette robe grise bordée de blanc, ce chapeau de paille légère, ses bottines de cuir noir correctement cirées et son sac de trois sous, ensemble qui trahissait une vie rangée de petite bourgeoise besogneuse à principes, il s'expliqua parfaitement la timidité de cette femme, visiblement oppressée par le décor confortable et opulent de La Giberne. Comme il était habitué, en notaire de campagne, à ne pas chercher à esbroufer ses clients, il se montra aussitôt paternellement aimable. Il se leva, s'avança vers elle, la prit par le coude et la mena jusqu'à un fauteuil Voltaire où il la fit asseoir.

— Je suis Suzanne Caretoux, née Bouzac, dit-elle d'une voix un peu canaille, égayée par un évident accent toulousain. J'ai lu dans *La Dépêche* la petite annonce que vous avez fait paraître. Je ne comprends pas au juste de quoi il s'agit, mais j'ai pensé que vous pourriez me raconter comment Benjamin est mort. Ce que j'ai pu trouver dans les journaux, c'était...

Elle s'interrompit, et baissa la tête vers son sac, dont elle tira nerveusement un mouchoir pour se tamponner les yeux, comme si le rappel du drame allait la faire sangloter.

— Avez-vous des papiers d'identité ? demanda Delgayroux, se forçant à la froideur.

Ouvert une nouvelle fois, le sac vomit, avec un bâton de rouge incongru sur le cuir du bureau Empire, une carte usagée dont le bristol accusait ses dix ou douze années. Le notaire l'ouvrit soigneusement, regarda la photo qui lui souriait sous le tampon du commissariat de Villefranche, et compara d'un coup d'œil ce sourire avec le visage attristé de celle qui lui faisait face. Il ne doutait plus que sa visiteuse fût réellement ce qu'elle disait être. Il s'assit à son tour, posa les coudes sur sa table, joignit les doigts et respira profondément avant de commencer sa harangue.

— Je tiens d'abord, dit-il d'une voix grave, à

vous présenter mes sincères condoléances pour la mort de votre mari, qui était mon client, et pour celle de votre fils.

Il choisit de ne pas s'arrêter, malgré le gémissement de Suzanne Caretoux qui portait des mains tremblantes à ses tempes.

— Voyez-vous, continua-t-il, ainsi que votre mari vous l'avait écrit, il a subitement fait fortune. Comme malgré votre longue séparation il avait gardé une profonde tendresse à votre égard, il avait décidé de faire de vous sa légataire, en cas de décès de votre enfant.

— Je n'ai jamais reçu de lettre, balbutiait la femme. J'ignorais tout de cette fortune. Comment Benjamin...

— C'est sans importance, madame, interrompit Delgayroux. Soyez certaine que tout ceci est parfaitement légal. Je vais vous lire...

Le tabellion s'arrêta net et releva la tête, surpris. Une nouvelle fois, une voiture venait de pénétrer dans la cour, devant ses fenêtres, et freinait avec bruit en dérapant sur le gravier. En même temps, la porte du boudoir venait de s'ouvrir, laissant entrer deux gendarmes raides comme la justice.

Appuyé sur sa canne, le visage glacé et l'œil menaçant, Combes avait l'air d'un diable, mais Ronsard, derrière lui, pâle et trop grand, semblait un spectre se détachant sur le fond sombre du boudoir.

La visiteuse du notaire, terrorisée par cette

double apparition, poussa un cri étranglé et enfouit son visage dans ses mains, se pliant en deux dans son fauteuil.

Le maître de maison paraissait courroucé. Il trouvait que son ami l'adjudant de gendarmerie en prenait un peu trop à son aise avec lui.

— Messieurs, tempêta-t-il, vous aviez promis d'attendre que je vous appelle si je le jugeais bon. Votre irruption est inquali...

— Et ce n'est pas fini, coupa cavalièrement Combes. Je crois que vous avez un autre visiteur, que j'ai personnellement invité à cette charmante réunion. Pardonnez-moi d'avoir omis de vous prévenir.

Ronsard surveillait avec froideur les joues couperosées du notaire proche du coup de sang, qui haletait derrière la table. Combes ne quittait pas du regard la forme prostrée sous son canotier qui gémissait en cadence comme une biche forcée. De l'autre côté de la porte du salon, deux voix animées discutaient sans hargne, une voix de femme qui affirmait que « voyons, Justin était occupé avec une cliente » et une voix d'homme qui prétendait que « justement, c'était pour la même affaire qu'il devait entrer ».

Quand la porte du salon s'ouvrit, Delgayroux écarquilla les yeux en reconnaissant l'homme qui écartait Isabelle pour pénétrer dans le bureau. Il allait s'exclamer quand l'adjudant leva la main pour lui imposer le silence.

— Mon cher monsieur Morel, dit Combes enfin détendu, vous arrivez exactement au moment où je vous attendais. Soyez-en remercié. Et permettez-moi de vous présenter une de vos vieilles connaissances. Voici Suzanne Caretoux, que vous appeliez autrefois Suzanne Bouzac.

Quoique dans le secret de Dieu, Ronsard se demandait ce que son chef espérait de cette confrontation théâtrale. Il ne s'attendait certainement pas à voir Morel le play-boy se précipiter sur la femme tassée dans le fauteuil, la relever d'un seul geste et la serrer dans ses bras, en poussant un cri qui ressemblait ridiculement au sanglot d'un père retrouvant sa fille arrachée à ses ravisseurs.

Etouffée à demi par Morel, la femme restait étrangement passive, les bras serrés le long du corps; son chapeau avait basculé sur le parquet ciré et le sac à main qu'elle avait lâché béait contre le pied du fauteuil Voltaire.

— Seigneur! Te revoilà, Suzanne, gémit presque Morel, totalement imperméable aux regards des trois spectateurs de ces émouvantes retrouvailles.

Il soupira longuement. Puis, peut-être inquiet de l'inertie de celle qu'il étreignait, il la prit aux épaules et l'éloigna à bout de bras pour mieux la voir.

Delgayroux, qui était le plus proche du couple, remarqua combien le regard du pilote se transformait, en quelques secondes. Sa chaleur disparue, il se teinta de curiosité, puis d'étonnement, enfin de frustration et de colère. Violemment, d'un seul geste, il repoussa celle qu'il venait d'adorer et recula de deux pas, furieux.

— Cette femme n'est pas Suzanne Bouzac, cracha-t-il. Monsieur Combes, vous me rendrez raison de cette plaisanterie cruelle !

— Je vous garantis qu'elle s'est présentée sous ce nom à notre ami notaire, qui a d'ailleurs contrôlé ses papiers d'identité.

Derrière sa table, le tabellion hochait affirmativement la tête, dépassé par l'événement. Tout le monde fixait la visiteuse en robe grise, qui s'adossait au portrait en pied du capitaine Modeste Delgayroux, officier du premier Empire qui avait acheté La Giberne après les Cent-Jours et y avait fondé sa dynastie. Par contraste avec l'uniforme chamarré du tableau et avec le teint vermillon du personnage sévère, elle apparaissait pâle et maladive. L'étreinte de Morel l'avait dépeignée, et elle avait perdu un bouton de sa robe, maintenant sans grâce et froissée.

— Je suis réellement Suzanne Bouzac, tenta-t-elle d'affirmer avec une voix basse qui parut fantomatique dans le silence.

Morel marcha une nouvelle fois au-devant d'elle et s'arrêta presque à bout portant. Il était encore plein de colère, mais il se retint de faire un geste pour toucher cette revenante qui prétendait incarner la femme de sa vie. Longtemps, sourcils froncés, il étudia le visage qui ressemblait à Suzanne et qui, peu à peu, se défaisait pour laisser place à quelque chose qu'il reconnaissait cette fois, dont il allait retrouver le nom. Tétanisée, l'inconnue le fixait comme un lapin fixe le phare qui l'aveugle.

— Cette femme n'est pas Suzanne Bouzac, je l'affirme encore une fois, dit Théobald Morel avec force. C'est sa sœur aînée, Edith Bouzac.

— Non ! voulut crier sa victime.

— Débarbouillez-la, dit impitoyablement l'amant déçu en se retournant vers les gendarmes, vous verrez bien qu'elle n'a qu'un vague air de famille avec la belle fille dont vous avez la photo.

Sans douceur exagérée, Combes écarta du bras le notable de Toulonjac et vint se planter devant sa proie. Son air à la fois mutin et honnête s'était envolé, comme son aura de femme saine et travailleuse. Dans les yeux qui le défiaient, il lut de l'affolement et de la peur, un long passé de galère assombri de vices et d'égoïsme, mais pas de remords.

— Edith Bouzac, dit-il d'une voix claire, je vous arrête pour usurpation d'identité et pour complicité active dans quatre meurtres commis à Toulonjac et à Villefranche-de-Rouergue.

— Sans oublier, compléta le gendarme Berthier en sortant triomphalement du boudoir, pour tentative d'assassinat sur deux représentants de la maréchaussée en service.

Combes avait rendu compte par téléphone au juge du dernier développement de l'enquête. Cette fois, il semblait bien qu'on touchait au but. Le juge Massac, désireux d'en finir, avait demandé à l'adjudant d'amener directement son gibier à son bureau.

Dans la pièce sombre, dont les marronniers drus du parc du tribunal bouchaient la fenêtre, on n'y voyait que grâce aux lampes allumées sur les bureaux, bien qu'il ne soit encore que deux heures de l'après-midi.

Massac, Combes, Ronsard et Cadaquès, le greffier, entouraient la chaise sur laquelle se raidissait Edith Bouzac. Berthier expédié à l'hôtel Moderne pour y récupérer le bagage laissé par la prisonnière, les cinq occupants du bureau avaient avalé des sandwiches très nutritifs avec des appétits divers. Combes et Cadaquès, affamés, n'avaient reculé ni devant l'énormité de leur quignon de pain ni devant l'épaisseur des tranches de petit salé ; Massac, trop énervé, n'avait pas pris le temps de manger, Ronsard n'était pas arrivé à s'accommoder des rations locales. Quant à la femme, tous les quatre avaient compris qu'elle eût la gorge un peu nouée.

— Madame, entama Massac, vous allez me raconter toute votre histoire, sans omettre aucun détail. Rappelez-vous que les accusations qui sont portées contre vous sont de la plus extrême gravité.

— Monsieur le juge, ergota Combes que l'inconfort de son siège poussait à écourter au maximum la séance, je crois préférable de vous exposer moi-même le scénario, tel que nous l'avons reconstitué dans ses grandes lignes. L'accusée aura le loisir de m'interrompre si je me trompe, ou de préciser les points que je signalerai. Vous aurez ensuite toute la durée de l'instruction pour peaufiner votre dossier.

Massac parut apprécier la solution proposée, ainsi que son greffier. Seule Edith Bouzac renâcla. Elle avait perdu totalement l'aura de respectabilité qu'elle avait cherché à se donner. Elle était redevenue une femme aigrie et sèche, égoïste, menteuse et prête à tout.

— N'ai-je pas droit à un avocat, si je suis interrogée par un juge ? grinça-t-elle.

Combes sourit de cette réflexion, révélatrice des rapports antérieurs de la prisonnière avec la loi.

— C'est justement pourquoi ce ne sera pas monsieur Massac qui vous posera des questions, mais moi. Vous aurez droit à un avocat quand j'en aurai fini avec vous.

— Allez-y, s'impatienta le juge.

L'adjudant commença son exposé d'une voix rêveuse.

— Pour cette femme, l'histoire débute à la mort de sa sœur il y a cinq ou six ans, peut-être dans un sanatorium des Alpes.

— Il y a six ans tout juste, coupa froidement

Edith. C'était dans les Pyrénées où elle était en traitement. Je suis allée la voir, nous avons fait une promenade et elle a fait une chute dans une sorte de grotte. Je n'ai rien dit au sana, j'ai seulement prétendu qu'elle avait décidé d'arrêter son séjour et de repartir avec moi.

— Merci, reprit Combes. N'oublions pas de préciser qu'en allant chercher le bagage de votre sœur vous avez récupéré sa carte d'identité, que vous avez gardée depuis. Ce qui vous a permis, quand la lettre adressée à Suzanne par votre beau-frère a fini par arriver à votre bureau de poste toulousain, de la retirer sans difficulté. Ce brave garçon y racontait la chance qui lui était tombée dessus, affirmait qu'il était toujours aussi amoureux de son épouse lointaine et en donnait pour preuve les détails du testament qu'il avait rédigé. Alors, vous avez commencé à rêver. Tant de millions qui vous tendaient les bras ! Il suffisait seulement d'effacer discrètement Benjamin Caretoux et son fils, et le magot irait tout normalement à Suzanne. C'est-à-dire, puisqu'elle était déjà morte, à vous, Edith, qui pouviez vous faire passer pour elle, à la rigueur.

— Mais je n'ai tué personne, se défendit l'accusée.

— Non, bien sûr. Vous ne vouliez pas vous mouiller à ce point. Vous vous contentiez de rêver. C'est permis. Mais vous avez commencé aussi à chercher quelqu'un qui pourrait faire le sale travail.

— Je le connaissais déjà, dit étourdiment Edith, sans se rendre compte qu'elle avouait au moins son projet de meurtre.

— Où donc avez-vous rencontré Paul Vergelas ? demanda sèchement l'adjudant.

De fait, que les enquêteurs sachent que Paulo avait participé à son aventure la sidéra. Pourquoi se battre encore, puisqu'ils savaient tout ?

— C'était un ami, rencontré à Toulouse, admit-elle.

— Avec qui vous viviez, ricana Combes, jouant les devins.

— Oui, dit encore Edith. Il était déjà avec moi quand j'ai reçu la lettre de Benjamin, et c'est lui qui a eu le premier l'idée de me présenter comme Suzanne pour toucher l'héritage.

— Tuer votre beau-frère et votre jeune neveu ne vous paraissait pas un peu exagéré ?

— Au début, on en parlait tous deux pour jouer, comme si on écrivait pour le cinéma, quoi. Après, bien sûr, je ne voulais plus. Mais il est devenu méchant, il m'a forcée à le suivre. Et après, j'ai eu peur. J'ai tout le temps peur.

— Ben voyons ! Vous aviez peur ce matin en essayant de prendre l'identité de votre sœur ? Comme vous avez eu peur quand vous avez assommé ce malheureux Caretoux ? Quand vous avez foncé sur ma voiture, peut-être, avec la camionnette de votre beau-frère? Et, quand vous êtes venue à l'hôpital, aviez-vous peur aussi? Que nous ne soyons pas morts, évidemment.

— Non! interrompit la femme, tétanisée. On vous avait accrochés pour vous retarder. On n'avait pas eu le temps de cacher le corps de Benjamin quand un gros plouc a téléphoné du hangar à la gendarmerie pour dire qu'il avait vu un cadavre. On voulait juste gagner une heure pour déplacer le mort et fouiller sa baraque. J'espérais bien que vous vous en sortiriez.

— Alors, pourquoi l'infirmier?

— Je ne sais pas! Je ne sais plus! L'infirmier, c'est Paulo, qui avait peur qu'il ne nous ait remarqués. Le garçon au collège, c'est Paulo; il m'a raconté qu'il avait fait sortir le gamin pour faire une virée en ville et qu'après il n'avait pas eu de mal à faire croire qu'il avait sauté par la fenêtre.

— Dites-moi, philosopha Combes qui souhaitait presque ralentir le débit de ces aveux, qui l'écœuraient, c'est un homme de ressource, votre petit ami. C'est vrai qu'il a de quoi faire peur à n'importe qui.

— Vous voyez que j'ai raison, s'excita Edith, dans un quasi-délire hystérique. Et pourquoi a-t-il tué son oncle, le monsieur qui avait une jambe de bois? Vous ne le savez pas, hein? Pour faire une bonne blague, m'a-t-il raconté en rentrant à Toulouse, en faisant croire que ce mutilé aimait les petits garçons. Et il a continué, sans que j'ose rien y faire, il...

— Je crois que nous en savons assez, coupa le juge Massac à voix basse.

— Deux questions encore, pria l'adjudant. D'abord pour savoir si vous ne vous êtes plus quittés, Paulo et vous, après la mort de Caretoux.

— Si, dit la fille. Paulo n'est revenu à Toulouse que juste avant le 14 Juillet. Moi j'étais partie de Villefranche une semaine avant.

— Alors vous ignorez ce qu'est devenue la camionnette bleu et jaune ?

— Paulo l'a brûlée, une nuit, avec des amis, à ce qu'il m'a dit. Dans une petite rue où il ne passe jamais personne, entre des jardins de maraîchers.

L'œil de Ronsard brilla un instant, au souvenir d'une note reçue un mois plus tôt, émanant du bureau de Weber. Il allait le rappeler à l'adjudant, mais Combes tenait à son os.

— Je pense moi aussi que vous avez bien fait de nous confirmer tout ce que nous savions déjà et de nous apprendre quelques petites choses. Juste à titre de renseignement... Vous aviez commencé à nous dire que votre Paulo avait continué. Qu'a-t-il fait encore ?

— Eh bien, avoua nerveusement la coiffeuse, je crois qu'il a agressé une épicière de notre quartier, à Toulouse. Pour quatre cents francs. Vous parlez d'un minable. Maintenant, comme l'épicière est morte, il se planque chez moi, pour ne pas tomber sur une patrouille de police. Je vous assure que j'ai peur de lui.

— Est-ce qu'il vous bat?

— Non, tout de même pas. Il se doute bien que j'irais tout droit le dénoncer.

— Vous auriez pu le faire avant.

— Il m'avait dit que je risquais la prison autant que lui, que j'étais complice et que celui qui l'arrêterait m'arrêterait aussi. Pourtant, moi, je n'ai tué personne, je l'affirme encore. Personne. Je suis quasiment innocente, quoi!

— Mais vous étiez prête à profiter des crimes de votre concubin et à partager l'argent avec lui. Car vous deviez partager la fortune de Caretoux avec Paulo, n'est-ce pas? Où aviez-vous prévu de compter vos richesses, tous les deux? Il vous fait confiance pour le rejoindre avec le magot?

Pour la première fois depuis le début de cette longue séance, la fille se retint de répondre. Jusque-là elle avait paru tour à tour naïve et presque simple d'esprit, calculatrice, excitée, affolée et même terrorisée. Voilà que le demi-sourire qui gagnait ses lèvres, qu'un coup de serviette mouillée avait rendues minces, donnait à son visage étroit une expression satanique insoutenable. Elle se tourna carrément vers ce drôle de petit gendarme, qui la houspillait depuis une heure et qui paraissait penser à tout. Il comprendrait bien, lui, qu'elle n'était pas si stupide qu'il l'avait cru.

— Vous savez, dit-elle, la voix plus cassée que jamais, il ne peut pas faire autrement que m'attendre. Il n'osera pas sortir et je lui ai promis de revenir cette semaine. Il est bien obligé de me croire. Moi, je n'étais pas tout à fait décidée à rentrer chez moi.

Les regards des quatre hommes, chargés d'un dégoût qu'elle prit d'abord pour de l'admiration, finirent par peser si lourd sur elle qu'elle s'en sentit gênée. Elle se mit à ricaner, comme une femme qui se sait jolie, au fond d'un bar louche.

— Pouvons-nous avoir l'adresse du nid d'amour où ce bon garçon vous attend? demanda Combes avec une politesse qui choqua Ronsard.

Depuis de longues minutes de ce dialogue cynique, le chef résistait à une abominable envie de frapper ce visage de femme, horrible dans son inconscience et sa lâcheté.

Edith Bouzac donna sans se faire prier le renseignement demandé. Elle ajouta même que la porte de son appartement était la dernière au bout du couloir, au premier étage.

Le juge Massac échangea un regard avec l'adjudant et saisit son téléphone. Autant valait terminer cette affaire aujourd'hui même. Posément, il expliqua à son correspondant lointain ce qu'il attendait de lui, parut se satisfaire des réponses et reposa le combiné.

— Le commissaire de police du quartier Saint-

Cyprien envoie sur-le-champ deux de ses inspecteurs cueillir notre ami. Ils rappelleront dès que ce sera fait.

Les quatre hommes s'ébrouèrent, marqués qu'ils étaient par le déballage qu'ils venaient de subir. Cadaquès s'activait à sortir papier et stylos de son tiroir comme s'il allait commencer à rédiger un procès-verbal. Massac fixait son sous-main, les sourcils froncés. Combes regardait sa prisonnière et s'étonnait du calme qu'elle montrait soudain, alors qu'elle eût dû s'inquiéter de l'arrestation imminente de son complice. Avaient-ils omis de prévoir une manœuvre des criminels qui pût retourner la situation?

— Paulo possède-t-il une arme? jeta-t-il à la cantonade.

Sur sa chaise, Edith haussa les épaules et fit non de la tête. Ils n'attendirent pas aussi longtemps qu'ils l'avaient craint. A peine plus d'une demi-heure d'énervement et d'impatience. La bruyante sonnerie du téléphone les atteignit comme le jet d'un baquet d'eau glacée. Le juge arracha le combiné et ne s'étonna même pas de voir l'adjudant Combes saisir l'écouteur sans en demander la permission. Poings serrés à l'oreille, ils balançaient tous deux le menton, scandant de concert les longues explications que débitait le commissaire de Toulouse.

Quand ils raccrochèrent, Massac regarda dans

le vide ; il donnait l'impression d'avoir entendu le diable. Le gendarme tourna la tête vers Edith Bouzac et ne fut pas surpris de constater qu'elle le fixait avec des yeux où se lisait la peur.

— Paul Vergelas était bien chez vous, dit-il sourdement. Mais il était mort. Egorgé au rasoir, sur le lit.

— Non, pas ça, hurla la femme. Seigneur, il s'est suicidé ! Non !

Combes la gifla à toute volée.

— On ne se coupe pas la gorge sans avoir du sang sur les doigts, grinça-t-il. Les inspecteurs ont trouvé votre message posé sur sa poitrine, une jolie feuille, blanche dessus et rouge dessous, parce que vous l'avez mise là vous-même après avoir gentiment promené son rasoir sous son menton, pendant qu'il dormait.

Dressée sur sa chaise, Edith lui opposait un visage de folle. Dans ses yeux exorbités, ni chagrin ni surprise. Seulement la rage dévastatrice de celle qui ne voulait pas admettre sa complète défaite.

— Je vous dis qu'il s'est tué lui-même, cria-t-elle.

Elle ne se souciait pas d'être à nouveau frappée. Elle ne cherchait désespérément qu'à convaincre ces hommes hostiles, aux regards de bourreaux. Elle répéta encore et encore, d'abord faussement hystérique, puis de plus en plus abattue.

— Il s'est tué, il s'est tué, il s'est tué, il s'est tué, il...

— Je crois, l'interrompit Massac d'une voix éteinte, que les empreintes que les inspecteurs de Toulouse ont relevées sur le rasoir sont les vôtres. Ce sera très facile de le contrôler.

Retombée sur son siège, la tête dans ses mains, effondrée dans ses rêves en faillite, l'aînée des Bouzac se taisait enfin. Incapable même d'un sanglot. Renonçant à nier davantage l'évidence.

Le juge avait fait écrouer la coupable à la prison municipale par les soins du commissaire Weber, après avoir demandé à ses gendarmes un compte rendu détaillé de leurs démarches et de leurs conclusions. Il avait même, avec l'air d'un employé des pompes funèbres, présenté ses félicitations à Combes et à Ronsard. Dans la 203 qui les ramenait avec Berthier à la brigade, ils n'en étaient pas plus détendus l'un que l'autre.

Par habitude, le chef s'arrêta devant la porte de la maison Combes. Le ciel était de plus en plus sombre, promettant une pluie abondante pour la nuit.

L'adjudant s'extirpa de la voiture avec raideur, comme si ses douleurs se réveillaient.

Au moment où, derrière lui, Claire apparaissait sur le seuil, un sourire d'accueil aux lèvres, Combes se pencha à la portière ouverte. Il avait la mine sévère, les traits tirés, la bouche amère.

— Vous me pardonnerez de ne pas vous inviter à entrer ce soir, dit-il. Cette journée m'a coupé toute envie de festoyer.

En embrayant, Ronsard hocha la tête pour acquiescer. Rencontrer le diable était une dure expérience. Même pour un gendarme.

Si vous souhaitez retrouver les enquêtes de l'adjudant de gendarmerie Combes, vous aimerez :

Un sombre été à Chaluzac

1944. Trois semaines après la libération de Villefranche-de-Rouergue, un petit garçon, Jacquot, réfugié chez ses grands-parents à la campagne, découvre le chef du maquis F.T.P., le « colonel » Pedros, assassiné dans un ruisseau. Le chef de la gendarmerie de Villeneuve-d'Aveyron et le sous-préfet se lancent dans une enquête difficile.

Pedros s'est fait beaucoup d'ennemis : la famille Dulieu, au château de Chaluzac, pillé par le maquisard; Augustin et Fernande Roumegas, fermiers, dont il a poursuivi la fille, Yvonne, de ses assiduités parfois violentes; Julien Fallade, industriel en charcuterie, spolié par le mort.

Le chef Martellat, assisté du gendarme Combes, voit sa recherche se compliquer quand il se heurte à l'enquête parallèle du fils Dulieu et au jeune Jacquot, qui camoufle des preuves. Mais, quand trois disparitions se produisent, Martellat se révèle l'homme de la situation, et la vérité sur l'assassinat de Pedros éclatera.

L'Enigme de Ravejouls

1960. A quelques kilomètres d'une sous-préfecture aveyronnaise, au bord d'une rivière ombragée et chantante, vivent deux familles paysannes. Leurs maisons sont proches, mais leurs rapports sont plus distants. C'est que les Martiel doivent s'accommoder des deux drames qui ont gâté leur existence : la bâtardise du fils aîné, le mongolisme du second. Par comparaison, la vie des Falgoux, leurs voisins, paraît heureuse, jusqu'au jour où leur fille de dix-sept ans est attaquée et tuée au bord de l'eau.

Dès lors, la tolérance et la compréhension s'effacent devant les passions et le désir de vengeance. Sauvage comme un animal abandonné, primitif de langage et de comportement, Gaston Martiel, le mongolien surnommé Attila, paraîtra un coupable évident à tous. Il faudra aux gendarmes enquêteurs beaucoup de force d'âme pour découvrir le véritable assassin. C'est pourtant dans le cercle étroit des deux familles rassemblées par la haine qu'éclatera finalement la vérité.

Les Frères Delgayroux

Saint-Rémy, hameau rouergat, abrite le domaine d'une famille de notables : les Delgayroux. Nous sommes au printemps 1964. C'est dans ce domaine, La Giberne, que résident les trois derniers descendants de la famille : l'aîné, notaire, la soixantaine ; le second, ancien militaire, invalide et aigri ; et le troisième, paisible médecin de campagne. Leur mère, octogénaire, cultive les souvenirs de sa vie de Messaline en sombrant peu à peu dans la folie.

La disparition de l'invalide projette l'adjudant Combes, de la gendarmerie de Villefranche, dans une sombre affaire familiale. L'assassinat du troisième frère, à coups de fourche, va renforcer le mystère.

A force d'interrogatoires et de confidences provoquées, le gendarme révélera, sous les yeux des habitants de Saint-Rémy, le coupable de cette terrible machination.

DANS LA MÊME COLLECTION

Jean Anglade
Un parrain de cendre
Le Jardin de Mercure
Y a pas d'bon Dieu
La Soupe à la fourchette
Un lit d'aubépine
La Bête et le Bon Dieu (essai)
La Maîtresse au piquet
Le Saintier
Le Grillon vert
La Fille aux orages
Sylvie Anne
Mélie de Sept-Vents
Le Secret des chênes
Jean-Jacques Antier
Autant en apporte la mer
La Croisade des Innocents
Le Rendez-Vous de Marie-Galante
Marie-Paul Armand
La Poussière des corons
Le Vent de la haine
Le Pain rouge
La Courée
tome I *La Courée*
tome II *Louise*
tome III *Benoît*
La Maîtresse d'école
La Cense aux alouettes
Nouvelles du Nord
L'Enfance perdue
Édouard Axelrad
Au fil du fleuve
Erwan Bergot
Les Marches vers la gloire
Sud lointain
tome I *Le Courrier de Saigon*
tome II *La Rivière des parfums*
tome III *Le Maître de Bao-Tan*
Rendez-vous à Vera-Cruz
Mourir au Laos
Annie Bruel
La Colline des contrebandiers
Le Mas des oliviers
Les Géants de pierre
Marie-Marseille
Michel Caffier
Le Hameau des mirabelliers
La Péniche Saint-Nicolas
Jean-Pierre Chabrol
La Banquise
Didier Cornaille
Les Labours d'hiver
Les Terres abandonnées
La Croix de Fourche
Étrangers à la terre
L'Héritage de Ludovic Grollier
L'Alambic
Georges Coulonges
Les Terres gelées
La Fête des écoles
La Madelon de l'an 40
L'Enfant sous les étoiles
Les Flammes de la Liberté
Ma communale avait raison
Les blés deviennent paille
L'Été du grand bonheur
Yves Courrière
Les Aubarède
Anne Courtillé
Les Dames de Clermont
Florine
Dieu le veult
Les Messieurs de Clermont
L'Arbre des dames
Annie Degroote
La Kermesse du diable
Le Cœur en Flandre
L'Oubliée de Salperwick
Les Filles du Houtland
Alain Dubos
Les Seigneurs de la haute lande
La Palombe noire
La Sève et la Cendre
Alain Gandy
L'Escadron
Adieu capitaine
Quand la Légion écrivait sa légende
Un sombre été à Chaluzac
L'Énigme de Ravejouls

Les Frères Delgayroux
Michel Hérubel
La Maison Gelder
La Falaise bleue
Denis Humbert
La Malvialle
Un si joli village
La Rouvraie
La Dent du loup
L'Arbre à poules
Les Demi-Frères
Michel Jeury
Au cabaret des oiseaux
Louis-Jacques Liandier
Les Gens de Bois-sur-Lyre
Jean-Paul Malaval
Le Domaine de Rocheveyre
Jean Markale
Notre-Dame de la nuit
Dominique Marny
A l'ombre des amandiers
Du côté de Pondichéry
Henry Noullet
Sur la piste de Samrang
La Falourde
La Destalounade
Bonencontre
Michel Peyramaure
Les Tambours sauvages
Pacifique Sud
Louisiana
Frédéric Pons
Les Troupeaux du diable
Claude Riffaud
Mékong Palace
La Crique de l'or
Rêve de Siam
Jean Rosset
Vir'vent
Les Derniers Porteurs de terre
Jean Siccardi
Le Bois des Malines
Jean-Claude Sordelli
La Dernière Saison
Jean-Michel Thibaux
La Bastide blanche
Le Secret de Magali
La Fille de la garrigue
Le Roman de Cléopâtre
La Colère du mistral
L'Homme qui habillait les mariées
Violaine Vanoyeke
Les Schuller
Le Serment des 4 rivières
Brigitte Varel
Un village pourtant si tranquille
Les Yeux de Manon
Emma
L'Enfant traqué
Colette Vlérick
La Fille du goémonier
Le Brodeur de Pont-l'Abbé

Imprimé en France par la Société Nouvelle Firmin-Didot
Dépôt légal : mars 2000
N° d'édition : 6809 - N° d'impression : 50580